CB138906

HOJE

Editor: Eduardo Lacerda

Assistentes editoriais: Amanda Vital, Angélica Marques, Gabriel Santana, Içara Bahia, João Vitor Nascimento, Rafael Arms, Ricardo Escudeiro

Capa, projeto gráfico e diagramação:
Alessandro Romio | Instagram: @romioland

Ilustração de capa: Lucas Emanuel Inglesi

Revisão: Amanda Vital

Administrativo e comercial: Pricila Gunutzmann

Assistente Administrativo: Sofia Fernandez Gunutzmann

Marketing: Beatriz Izidoro

Expedição: Sheila Gomes

Eventos: Flavio Rodrigues

Catalogação na publicação
Elaborada por Bibliotecária Janaina Ramos – CRB-8/9166

S558h Shitara, Ana

Hoje / Ana Shitara.
– São Paulo: Patuá, 2025. 116p.; 16 X 23 cm.

ISBN 978-65-281-0002-6

1. Romance. 2. Literatura brasileira.
I. Shitara, Ana. II. Título.

CDD 869.93

Índice para catálogo sistemático
I. Romance : Literatura brasileira

Editora Patuá – Livraria Patuscada
Rua Luís Murat, 40
Vila Madalena – São Paulo – SP
(11) 96548-0190
editorapatua@gmail.com
www.editorapatua.com.br

HOJE

Ana Shitara

PATUÁ
EDITORA

Para o meu pai.

tempo levado que nos carrega sem que a gente saiba
nos arrasta por mortes futuras, vidas passadas
essa jangada de coisa guardada
balança ao sabor dos ventos e da insegurança
do medo do não saber se o amanhã existe
talvez um dia não exista mesmo
e que é que a gente leva
senão um pedaço dessa chama toda?

Isabella Yoshimura, *Sonhos*

CAPÍTULO 1 – PEITO EM ESTIAGEM

O agora é passado. Uma leve batida anunciou a entrada da secretária que empurrou a porta com delicadeza para não sobressaltar o patrão. Ela vinha informar que o senhor Almeida chegava para a reunião. Senhor Almeida vinha lhe pedir um favor. E ele gostava de ter quem lhe devesse um. Gostava ainda mais de ser convencido a fazer o favor, de ver o outro quase suplicar e, depois, demorar para dar uma resposta. Deixar o visitante esperando por pelo menos meia hora fazia parte do processo, por isso, sem tirar os olhos dos papéis que lia, ele respondeu erguendo a mão e ela entendeu que o visitante teria que esperar, que ele ainda estava ocupado. Ela fechou a porta, abaixando a cabeça em consentimento, e ele, jogando a caneta sobre os documentos, suspirou com impaciência, sentado atrás de uma enorme mesa de madeira maciça. Era um hábito que tinha para se fazer assustar.

Depois, com as costas, reclinou a cadeira de couro para alongar-se, como se isso o fizesse maior ou, pelo menos, lhe desse a satisfação de ter uns cinco centímetros a mais. Era pequeno como muitos orientais, media um metro e sessenta e cinco, melhor que tivesse pelo menos um metro e setenta. Calçava trinta e sete, um número feminino, difícil para encontrar sapatos. Precisava sempre ir à mesma loja especializada em tamanhos ou muito grandes, ou muito pequenos. Tinha deixado crescer um bigode bem cheio e bem preto com o intuito de adicionar alguns anos e parecer mais profissional. Era um menino com um bigode no rosto. Magro, mas musculoso, sempre precisava ter as roupas ajustadas no comprimento. Em geral, ele as usava bem justas, como era a moda de então, o que favorecia sua silhueta elegante e deixava seus músculos aparentes. A secretária parecia aprovar.

Colocou ambas as mãos sobre a mesa e ficou observando-as, não tinha nada urgente para resolver, só tinha que fazer o senhor Almeida esperar: para desarmá-lo, quebrá-lo, fazê-lo implorar e pedir por favor, chamando-o de doutor e depois de amigo. Levantou-se e foi olhar a paisagem ampla de Brasília que se estendia pela sua janela. A seca tomava conta da cidade: muito pó, muito sol e pouca sombra. Em casa, sua esposa colocava bacias de água e toalhas molhadas nos quartos durante a noite, na tentativa de aumentar a umidade. Era uma terra seca, feita de blocos de cimento espalhados aqui e ali, onde os homens aspiravam por poder, sem saber o que era verdade e o que era ilusão. Ele era mais um na engrenagem que pensava controlar. Acordava cedo e se esforçava para ser um bom protagonista na comédia da sua existência. Lutando para manter sua posição social duramente conquistada: mantê-la ou morrer. E, nos intervalos, comer a secretária. Era uma construção efêmera e frágil na qual acreditava. Dedicara trinta e seis anos para estar ali, na capital do Brasil, de pé no seu escritório, com uma cadeira de couro, uma mesa de madeira maciça, olhando pela janela e fazendo um grande homem branco esperá-lo para lhe pedir um favor.

Ele sempre tivera objetivos. Trabalhava muito, longas horas. Contra o trabalho não havia crítica, era o seu lema. O lema que repetia para todos os seus funcionários, que o admiravam com sinceridade.

Esforçava-se para ser um homem de sucesso. Estava sempre ocupado, ocupava-se para não pensar. Agora, tinha um cargo no governo, tinha importância, poder. Sonhava em ser ministro. Sem dúvida, tinha reconhecimento profissional, era tudo o que queria para poder falar de igual para igual, ser aceito. Era diretor de operações. Ia castigar o senhor Almeida, humilhá-lo, fazer com que pedisse três vezes, dizer que o requerimento estava preenchido errado, que havia problemas gramaticais. Ele chegara onde queria. Sabia que agia mal, mas sentia-se feliz, como se estivesse se vingando de algo que não sabia nomear. Parecia, por vezes, nadar na incerteza. Aliás, a única certeza tinha sido Mariko, que colocava as bacias com água pela casa e era enganada por ele. Não merecia.

Para seguir com o seu pequeno teatro, precisava tomar um gole de uísque. Isso lhe daria mais uns vinte minutos. Bebia o destilado envelhecido por 12 anos, o *Black Label*, o vermelho era muito simples para ele, e o azul, ainda muito caro. Havia muito a caminhar. Um dia, ele só beberia do *Blue Label*. Foi até o pequeno bar que possuía no canto do escritório, pegou um copo de cristal cilíndrico baixo, decorado em relevo, e abriu o balde de gelo para pegar algumas pedrinhas. Era um copo bonito, muito refinado. Quando criança nunca sonhara em beber em um copo daquele, nem sabia que tal objeto pudesse existir. Ele já tinha caminhado muito.

O gelo que tilintava no copo o levou de volta ao menino que usava copo de alumínio no meio da mata no Pará. E o senhor Almeida teve que esperar ainda mais meia hora, até que a dose fosse consumida e suas memórias nascessem para depois morrerem com a segunda batida na porta dada pela secretária.

CAPÍTULO 2 – O GELO VIRA VENTO

O passado está em construção. Minha mãe sai pela porta do casebre de madeira e me chama, movimentando as mãos, segurando em uma delas um balde de zinco. Ela quer me lembrar de que hoje é terça-feira, o dia em que minha tia prometeu nos dar gelo. Não carecia, eu não tinha me esquecido. Estava ansioso e tinha ido me ocupar da roça para tentar acalmar o desejo. Ainda era cedo demais, deviam estar acordando. Minha tia é rica, é que meu tio é um dos diretores da cooperativa. Eles moram a mais ou menos quinze minutos daqui, assim de bicicleta, a pé dá muito mais. Quem é mais importante mora mais longe. Acho que faz uns bons dez dias desde que ela comprou uma geladeira! Meu primo contou que funciona à base de querosene e que a bicha, além de não deixar os alimentos estragarem, faz gelo. Eu não sabia o que era gelo, mas meu primo explicou que era para colocar na água e beber água fresca. Aqui faz uns quarenta graus já de manhãzinha. Aqui é Tomé Açu, no Pará, Brasil. Procura aí no mapa, fica bem em cima.

Desde que a geladeira chegou pela boca do meu primo, minha mãe, meu irmão e eu só fazemos é pensar nesse tal de gelo. Minha tia é muito boazinha e prometeu que a cada quinze dias, às terças-feiras, ela nos daria uma porção de gelo, que era só passar na casa dela. Eu fiquei animado. Quando vi minha mãe balançando aquele balde e soube que era a hora, eu mal pude acreditar. Saí correndo em sua direção. A bicicleta já estava pronta, encostada ao lado da parede.

Agarro o balde da mão da minha mãe e ela me diz para ir rápido, que o calor já está aumentando. Eu pego a minha bicicleta e vou empurrando-a até pegar velocidade para pular em cima dela. É assim que eu gosto de montá-la, com ela já em movimento. O balde penduro no guidão. Acho que fiz o caminho em dez minutos, um recorde. Vou de boca fechada para não entrar bicho, os olhos apertados para ver bem e enganar o sol. Quando corro na bicicleta, o vento ajuda a matar o calor, é uma das sensações que mais gosto. O vento na roupa, no corpo todinho. Tomar água fresca com gelo deve ser assim. Vou pedalando sob o céu azul.

No caminho, lembro que no mês passado, estava correndo com a minha bicicleta depois de comprar uns doces na mercearia. Queria me esconder no mato, no meu esconderijo, para comer sem ter que dividir. Às vezes, faço isso e me sinto meio culpado. Em casa, tem que dividir tudo o tempo todo: comida, cama, roupa, fossa, até sonhos. O Yuto até o corpo, ele me contou isso um dia, mas acho que não tá certo. A avó dele obriga ele a dormir na cama junto com ela e dividir o corpo dele. Achei muito estranho, mas ele falou como se fosse normal, então vai ver que é. Mas, o que eu me lembrei mesmo foi que, quando estava correndo de bicicleta para comer o meu doce, lá no meio do caminho, de repente, apaguei. Muito mais que um vento me pegou, assim, num instante. Estava no chão, os doces todos caídos, estragados, cobertos de poeira e terra. Abri os olhos devagar, o sol me cegando. Meu rosto doía e por isso levei a mão à minha bochecha. Quando olhei, meus dedos estavam vermelhos, pintados de sangue, o olho semiaberto já começando a inchar. Quem tinha feito isso? De onde veio aquele soco? Cadê, que não ouvi nada, nem vi ninguém? Estava tudo quieto e eu lá, sozinho no chão, entre os doces que caíram da caixa. Se foram me roubar os doces, não conseguiram. Foi daí que eu vi, um pouco mais distante, ensanguentado e morto, um passarinho. Eu levei um soco, e ele, a morte. Depois meu olho foi inchando e quase que nem abriu por uns dias, a pele ficou roxa e amarelada. Acho que foi punição pelo meu egoísmo, por querer comer os doces todos sozinho. Nunca mais. Agora divido tudo mesmo, principalmente com meu irmão mais velho, Mamoro, e com o mais novo, Hiroshi.

Todo mundo achou essa história bem maluca e disseram que eu tinha sorte, que se jogasse na loteria, eu havia de ganhar. Quem é que já foi atropelado por um pássaro na vida? Só eu. Vai ver que eu era especial, eu quis acreditar.

Desta vez chego na casa da minha tia sem ser atropelado por um passarinho. Estaciono a bicicleta ao lado da árvore e bato palmas. Minha tia abre a porta sorrindo ao lado do meu primo. O cabra está todo orgulhoso, pronto para dar migalhas aos pobres. São três filhos lá também, tem a minha prima mais velha, Shoko, esse aí que tá na porta, chamado Nobuo, e um aleijado que tem a minha idade, o Ryota. O Ryota, às vezes, usa muletas, às vezes, uma cadeira de rodas que o tio mandou trazer de Belém, mas que nem sempre é de muita serventia porque o chão aqui é todo torto, de terra, e nem dá para fazer as rodas girarem. Ele caía o tempo todo, a bicha virando, as rodas entortando.

— Bom dia, Yoji! Vem ver a geladeira! — falou minha tia, toda entusiasmada.

Entendi por que minha mãe tinha me mandado sozinho. A gente tinha inveja deles e eles gostavam disso. Dava para sentir o cheiro da soberba e do querosene queimado. O barulho do motor era forte, fiquei pensando se tinha que desligar aquele troço de noite. E lá estava ela: um caixote todo branco. Minha tia fez força para abrir a porta do negócio. Dentro tinha comida, uma jarra de água, peixe e poucas frutas. Um vento fresco pareceu soprar de dentro bem no meu rosto, como se eu estivesse em cima da minha bicicleta. Tive vontade de ficar na frente dela para sempre, mas aí o Nobuo disse que já tinha que fechar a porta porque gastava energia, esquentava os alimentos e não ia mais ter serventia. Ele me empurrou para o lado, como se eu fosse um saco de farinha, e bateu a porta da geladeira. Eu, com o coração ferido, pergunto: *E o tal do gelo? Cadê?*

Minha tia tenta abrir a porta de novo, mas a bicha se recusa a cooperar. Eles me explicam que agora tem que esperar um pouco para poder soltar a porta. Eu acho engraçado, porque parece que o negócio já tá quebrado e nem funciona direito. Eu digo isso só para ver a cara do Nobuo. Ele diz que não tem nada a ver, que é assim mesmo e que sou um ignorante no assunto. Tenho que esperar uns minutos para ver o tal do gelo. Enquanto isso, minha tia vai buscar o Ryota, que apareceu dessa vez na cadeira de rodas: dentro de casa era mais tranquilo. Eu gosto mais do Ryota do que do Nobuo. Acho que é porque não me sinto menos que ele, porque ele é aleijado. Mas, ainda assim, tem dinheiro, coisa que a gente não tem. Ficamos os quatro sentados em volta da mesa da cozinha. Minha tia fazendo perguntas sobre a vida lá de casa, para depois fofocar com meu tio e dizer que tem pena da gente. Ela diz que vai pegar um copo de água e colocar uma pedra de gelo para eu experimentar antes de sair. Depois, levo o resto do gelo para a minha mãe, eu aceito.

Finalmente, pôde-se abrir de novo a geladeira. Na parte de cima tem ainda outra portinha, e lá dentro, umas travessinhas divididas em pequenos quadrados, dentro deles, o tal do gelo.

Acho estranho porque solta umas fumacinhas. Pergunto se é feitiço, eles riem de mim e dizem que gelo é água congelada e, por isso, é vento também. Eu não entendo nada. Nobuo diz que é o ciclo da água: água líquida, água em vento e água em gelo. Eu fico surpreso, no final, o tal do gelo era água!

Admirei-me e achei engraçado que ia tomar água com água. Minha tia bateu a travessa na mesa e torceu-a de um lado para o outro para soltar os quadrados de gelo. Um soltou-se rapidinho, e ela colocou no copo para eu beber e guardou o resto de novo dentro da geladeira. Eu já ia pondo na boca quando o Nobuo gritou para eu esperar, que tinha que dar tempo para o tal do gelo resfriar a água. Ele manda em mim o tempo todo, mas eu tenho que aceitar porque não sei de nada mesmo.

Quando ele me diz que posso beber, porque o copo está ficando enevoado e molhado por fora, eu levo a água até os lábios e sinto como se engolisse o inverno. Não que eu soubesse o que era o inverno. Mas devia ser isso aí.

Foi muito bom, aprendi o que queria dizer refrescante. Não consegui fingir para o Nobuo que não achava nada de mais, para ele que me olhava atentamente. Foi assim, uma das primeiras suspensões no tempo que eu tive. Estava sorrindo sem saber. Pensei logo na minha mãe e nos meus irmãos e em como eles iam gostar daquilo também. *Otosan*[1] ia fazer pouco caso, ele tinha mais controle, mas, em segredo, ia juntar dinheiro para ver se comprava uma geladeira para a gente também.

Depois de beber todo o copo, pego o balde e peço para a minha tia encher, preciso levar para minha mãe, que deve estar me esperando.

E estava mesmo. Ela me disse que desde que eu tinha saído, ela e Mamoro ficaram olhando a curva da estrada para ver se eu aparecia. Ficaram impacientes, Mamoro estava prestes a sair a pé atrás de mim. Minha tia repete tudo de novo, espera a geladeira decidir por abrir, abre a portinhola de dentro, pega as travessinhas, entorta para um lado e depois para o outro, coloca as pedrinhas de gelo dentro do balde de zinco fazendo muito barulho. Um barulho bom. Minha mãe tem problema com a minha tia, mas eu acho ela muito boazinha. Ela colocou duas travessas de gelo no balde e me disse para ir bem rápido porque gelo é água e derrete.

Eu saio correndo, já estou preocupado. Preciso chegar o mais rápido possível. Monto de novo na minha bicicleta, acho que nem me despeço dos meus primos. A volta parece mais longa que a ida. O gelo chacoalha no balde, tilintando, do mesmo jeito que faria anos depois no copo de uísque, mas isso é muito tempo depois. O tilintar não dura muito, depois de alguns minutos é só barulho de água mesmo. Quando faço a curva da estrada que dá em casa, vejo minha mãe e Mamoro se levantando das cadeiras e correndo em minha direção. Quando paro a bicicleta, eles já estão à minha volta. Decepção. Era tudo água. Mamoro bate com a mão na minha nuca e me xinga, diz que comi todo o gelo, que sou egoísta. Eu explico que o gelo virou água, como a água vira vento. Ele não quis ouvir e disse que na terça-feira que vem, iria ele mesmo na casa da tia. Fiquei com dó da minha mãe, ela me

1 "Pai" em japonês.

olhou bem tristinha. Depois colocou a mão na água e sentiu que estava fresca e ficou feliz. Foi buscar uns copos e bebemos água fresca. Não foi tudo perdido.

Otosan chegou no final do dia com uma garrafa de groselha que ele comprou na mercearia. Ele queria que a gente tomasse com gelo, o cunhado disse que era bom. Mas ele, ao contrário de nós, sabia que, quando chegasse, não ia ter gelo, que o gelo virava água e depois vento. Mamãe disse que também sabia, mas que achou que o calor não era tão forte assim, e que o gelo chegaria inteiro entre a casa da minha tia e a nossa. Mamoro, Hiroshi e eu éramos os únicos que não sabiam. Acho que é porque nascemos todos aqui. *Otosan* e *Okasan*[2] nasceram no Japão, lá tinha gelo, tinha neve. Eles já sabiam. *Otosan* trouxe a groselha para a próxima vez, ele explicou que custou caro e era para durar várias doses, usar pouquinho, só para dar gostinho.

Tivemos que esperar mais quinze dias, esse era o combinado com a minha tia. A cada quinze dias, tínhamos direito a duas travessas de gelo. Na segunda vez, minha mãe se preparou: arranjou uma tampa para o balde, empacotou quatro canequinhas e a garrafa de groselha. Fomos todos, menos *Otosan* que precisava trabalhar. Eu subi na minha bicicleta com o Hiroshi na garupa. Mamoro levou *Okachan*[3] na dele. Gosto de ver como *Okachan* fecha os olhos de vez em quando para sentir o vento no rosto. Eu também faço isso.

Dessa vez deu tudo certo, todo mundo bebeu groselha gelada, chupou o gelo e entendeu que o gelo era água congelada e que com o calor virava vento.

---

2 "Mãe" em japonês.
3 "Mamãe" em japonês.

Quando vislumbramos a casa da minha tia, eles já estavam na porta acenando para nós, parecia dia de festa. Minha tia foi gentil com mamãe, mas Nobuo continuou a esbanjar conhecimento em cima de nós, mais em Mamoro e Hiroshi, que viam a geladeira pela primeira vez. Eu, que já fingia conhecimento, fui sentar do lado de fora com Ryota e com Shoko que, apesar de ser rica, nunca foi metida e sempre me ajudava quando eu precisava. Apresentaram a geladeira, mostraram como funcionava.

Terminadas as explicações, entro de novo na cozinha com meus primos e, com orgulho, puxo de dentro da sacola de pano da minha mãe a garrafa de groselha.

Sim, éramos pobres, mas não vínhamos de mãos vazias. A visão daquela garrafa cor-de-rosa escuro, um quase vermelho, alegrou a todos. Batemos palmas enquanto minha tia pegava os copos, era mesmo um dia de festa. Com o peito estufado e sorrindo, olho de soslaio para Nobuo, que faz questão de fazer pouco caso, mas não demora muito para ele terminar por pedir um pouco também. Minha mãe vai colocando a groselha nos copos, um dedinho em cada um, o xarope é grosso e escorre lentamente, como se para eternizar aquela espera. Ficamos olhando, concentrados no processo, a cada copo que fica pronto, um de nós o pega e segura com as duas mãos, com o cuidado de quem segura um passarinho. Depois, vem minha tia colocando um cubo de gelo por vez e, por fim, vem a água gelada. Que maravilha, aquela bebida açucarada adentrando o corpo e refrescando a gente todinho. Ficamos rindo uns para os outros.

Só acho ruim ter que dividir com Nobuo. Depois me lembro do pássaro morto e de que tenho que saber dividir e afasto o pensamento quando vejo que minha mãe sorri para mim.

CAPÍTULO 3 – FRUTA NO PÉ, NO CHÃO

O agora é passado. Após uma longa e enfadonha conversa com o senhor Almeida, durante a qual foi chamado de doutor, ele finalmente concordou em vender uma parte da safra de café do governo. Com alívio, apertou a mão do visitante e o conduziu até a porta do escritório. Sozinho novamente, ele respirou fundo e começou a passar mentalmente sua lista de afazeres. Lembrou-se do mais importante: que seu pai viajaria em breve ao Japão. Pela primeira vez em mais de quarenta anos, ele finalmente retornava ao seu país natal. Ficou preocupado que o pai tivesse dificuldade em fazer câmbio chegando lá e chamou a secretária para fazer a compra de uma passagem para São Paulo e da moeda estrangeira, precisava comprar alguns ienes para dar para Otosan.

A mãe estava morta já há alguns anos, o pai era o que lhe restava. Se tudo desse certo, em poucas horas estaria em um voo para São Paulo e poderia se despedir do pai e lhe dar uma quantidade de ienes suficiente para ele passar os primeiros dias. O resto do tempo pensou nisso, estava feliz em ver o pai voltar ao Japão, ainda que de visita. O sonho do imigrante do retorno à terra de origem foi sendo postergado ano após ano, até o dia em que suas raízes, se espalhando e crescendo no solo brasileiro, se aprofundaram tanto que, ao se emaranharem em outras, acabaram por fincar sua existência aqui e o sonho deixou de existir. Não fazia mais sentido, foi preciso aceitar que não era mais japonês e tampouco brasileiro.

O táxi cruzou São Paulo e estacionou em frente ao sobrado onde havia passado o final da sua adolescência. Yoji bateu a porta do carro e o motorista partiu de imediato, deixando-o em pé na calçada segurando o paletó e a pasta de couro na mão. O sol do final da tarde de primavera refletia uma luz morna e tranquila da janela do seu antigo quarto. Era bom estar de volta. Tocou a campainha e, sem que tivesse necessidade, olhou o relógio para conferir as horas. Era uma mania. Quando não havia o que fazer e sentia-se deslocado, como se não soubesse onde colocar as mãos, ele olhava o relógio de pulso, se ocupando, era preciso ter sempre algo para se fazer, como se isso fosse um tipo de virtude. Ao menos era um relógio caro.

Ele se surpreendeu ao ver que foi o irmão mais velho quem abriu a porta no topo da escada e veio descendo para destravar o portão. Cumprimentaram-se com frieza e palavras curtas que faziam força para sair. Muitos anos antes, Mamoro havia sido sua pessoa favorita, seu melhor amigo. Agora, era um estranho, um peso que lhe era insuportável. Se soubesse que ele estava ali, não teria vindo, ou teria esperado ele ir embora. Todavia, era tarde, estavam lá de frente um ao outro. Alguns segundos se passaram até que um dos dois se decidisse mover: quem iria ceder e dar a passagem ao outro? Quem iria ter que dar licença ou pedir licença? Não seria Yoji. Quem Mamoro pensava que era para ficar em pé segurando o portão daquela maneira, como se fosse o dono da casa e tivesse a prerrogativa de decidir quem entra e quem sai? Com a pasta de couro, Yoji empurrou o corpo do irmão e assentiu com a cabeça.

Depois se arrependeu desse pequeno movimento que para um japonês poderia ser um breve cumprimento, mas que para um brasileiro poderia ser como um pedido de permissão. E ele, naturalmente, não estava pedindo nada ao irmão.

Nesse momento, o pai apareceu no topo da escada acenando com uma mão enquanto mantinha a outra na cintura. Ele usava uma camisa branca de manga curta, no colarinho tinha uma corda com uma fivela, como se fosse um caubói. Ele era um homem tão mudado, não era o homem que havia sido seu pai quando garoto, que o trouxe até São Paulo quando tinha doze anos e fora embora de volta para o Pará. Era doce e bom, não duro e seco. Sorria ao vê-lo chegar.

O motivo que trouxera Yoji à casa de seu pai naquela tarde era em certa medida o mesmo de seu irmão. Vieram se despedir do pai e desejar-lhe uma boa viagem, partiam de um mesmo sentimento. No entanto, um veio com dinheiro, e o outro, com um pedido. Em um papel, Mamoro tinha uma lista de cinco materiais que queria do Japão. Em silêncio, Yoji olhava a cena e desaprovava o irmão mais velho. Com orgulho, abriu a pasta e tirou dela um envelope marrom com um elástico amarelo em volta, colocou-o na mão do pai, explicando que comprara alguns ienes para que ele pudesse passar os primeiros dias sem ter que se preocupar com o câmbio. Emendou dizendo ao irmão que depois dividiriam essa despesa entre eles e que o irmão poderia pagar sua parte para ele em outro momento. De pronto, Mamoro não concordou e disse que Yoji pagaria tudo sozinho, porque tomara a decisão sem o consultar e ele não tinha nada a ver com isso. Não havia consentido com nada. O pai olhou os filhos acabrunhado com a troca ríspida de palavras, sem graça e sem saber o que dizer, acompanhava com o olhar um e outro. Acabou por esticar o pacote em direção a Yoji, que, com sua mão, empurrou-o de volta para o pai e ordenou que o pegasse. Foi o olhar do pai que fez seu peito secar e o ódio que tinha de Mamoro, já na fronteira da sua tolerância, fazer explodir, um a um, seus vasos sanguíneos, deixando-os em pedaços.

Após esse dia, não se falaram mais. O silêncio durou até o dia que precedeu a morte de Mamoro muitos anos depois, quando ambos perceberam que nada daquilo havia valido a pena. O acúmulo de acusações e ressentimentos não deixou espaço para o amor fraterno que um dia existiu entre eles. O orgulho, feito um muro muito alto, impediu a reaproximação e criou uma sombra fria entre os dois, na qual cada lembrança da camaradagem infantil que, por vezes, tentava vir à tona, morria como uma flor que busca a luz e não a encontra.

Em parte era o amor disfarçado de dinheiro. Yoji sentia que devia aos pais, e Mamoro sentia que seus pais tinham uma dívida para com ele. Era questão de ponto de vista e de desamor, de sentir desamor por si mesmo e acreditar que vinha dos outros. O pai amava o filho caçula, a mãe, o filho do meio, e o mais velho teve que se virar sozinho, por isso cobrava. Cobrava o sofrimento que passou nas mãos do tio, cobrava o melhor pedaço da carne que a mãe separava disfarçadamente para Yoji, cobrava os momentos em que pegou o pai acalentando Hiroshi com seus poucos e raros sorrisos. Ninguém dizia nada, mas ele sabia que era o preterido. Por isso, pedia aos pais o dinheiro que eles não tinham, coisas que não podiam lhe dar. Yoji considerava Mamoro um aproveitador, parasita, egoísta, autocentrado. Mamoro considerava Yoji um aproveitador, puxa-saco, bajulador, falso. Os dois tinham razão, mas cada qual também tinha o seu motivo, a sua maneira de sobreviver àquilo que carregavam dentro de si.

O irmão caçula, Hiroshi, ficava no meio do fogo cruzado. Não compartilhava do terror que viveram na adolescência e que, ao invés de os unir, os separou. Tornou-se, para Mamoro e Yoji, um outro motivo de discórdia. O amor do pai o amoleceu. Tinha a alma leve, bem leve. Caminhava pela vida sem preocupação, com a certeza de que seria cuidado por alguém, que a vida daria um jeito, e jogava o peso de existir em cima dos pais e depois dos irmãos. Fazia escolhas erradas, trocava o certo pelo incerto, o tédio pela aventura. Deixava os outros arrumarem a casa depois da festa.

O que pesava era o pedido que sua mãe havia feito antes de morrer, quando, segurando sua mão, pediu que tomasse conta do irmão. Yoji pensou bem e concluiu que Mamoro também precisava se responsabilizar por Hiroshi, que também era seu irmão menor. Assim, quando aos quarenta anos, Hiroshi bateu pela vigésima vez na porta de Yoji com a conta de novo no vermelho, um divórcio e dois filhos, o irmão, cansado de ouvir a mesma história, mandou o caçula à casa de Mamoro, que concordou em emprestar dinheiro, dizendo que passasse na sua casa.

No dia combinado, Hiroshi chegou ao prédio de Mamoro e pediu ao porteiro para avisar que havia chegado. Pelo interfone, foi avisado que seu irmão estava descendo. Foi imprevisto. Achou que seria convidado a subir, tomar um café, contar sua história, como fazia com Yoji. Encostou-se no portão, as nuvens cinzas deixavam de ameaçar uma tempestade e começavam a se desfazer em água. Com pena do homem, o porteiro o convidou a entrar e esperar no saguão. Hiroshi podia sentir o cheiro da sua roupa úmida e mal lavada e teve vergonha do estado em que se encontrava. Passou as mãos pelo cabelo na tentativa de parecer um pouco mais arrumado, não queria que o irmão tivesse pena dele, mesmo ele indo até lá lhe pedir dinheiro emprestado. Quanto mais Mamoro demorava para aparecer, mais ficava claro que o encontro não sairia como planejado. Hiroshi começava a sentir-se humilhado pela espera que agora contava quase quarenta minutos, pensava em ir embora quando a porta do elevador se abriu e seu irmão apareceu. Ele mal o olhou no rosto, veio acanhado, como se houvesse perdido uma luta ou tivessem ralhado com ele. Hiroshi entendeu tudo. Eram dois cachorros acuados.

Segundo Mamoro, ele sentia muito ter feito o irmão vir até sua casa para nada. Jurou que sua intenção era emprestar, mas que sua mulher o impedia. Ela argumentava que precisavam do dinheiro para pagar as despesas da casa de praia que estava caindo aos pedaços por causa da maresia. Como ele não ia até lá há algum tempo, não sabia. Enfim, não poderia passar sem o valor que havia prometido. Hiroshi sorriu. Imagina, não tem nada não. Eu entendo. Foi embora sem olhar o irmão nos olhos.

Quando Yoji ficou sabendo do ocorrido, quis pegar o telefone e dizer uns desaforos para Mamoro. Hiroshi implorou que esquecesse, ainda que se sentisse humilhado. Yoji sabia que fazer o outro esperar era demonstração de poder, negar também. Sendo irmão e não o convidando a subir ao menos para um café tinha sido um toque a mais do sádico garrido no qual Mamoro se transformara. No covarde do irmão que usava a mulher como desculpa para o não, ou que não tinha coragem de enfrentá-la para o sim. No irresponsável, no cruel, no egoísta do irmão mais velho que virava as costas para a família e jogava toda a responsabilidade sobre ele.

CAPÍTULO 4 – A PRIMEIRA GEADA

O passado está em construção. Chego em São Paulo com doze anos e vou morar na casa do meu tio Nakamura, irmão de Okasan. Otosan vai embora depois de dois dias para enfrentar a longa viagem de volta até Tomé-Açu.

O que me sossega é que Mamoro está aqui, não vou enfrentar sozinho a garoa desta cidade imensa e escura, tenho uma mão para segurar e a de Mamoro nunca me abandonou, mas ele está mudado, estranho, com um olhar que espera para se encontrar sozinho com o meu e contar um segredo.

Meus tios parecem muito bons, aceitaram nos receber para morarmos com eles enquanto estudamos e cuidar da gente como se fôssemos deles, eles que não têm seus próprios filhos. Ouvi *Okasan* dizer que minha tia tem o útero virado e seco, que não pode ter crianças. *Okasan* diz que o que fazem por nós não é pouca coisa e que por isso temos que agradecê-los e sermos muito obedientes. Sem eles, não poderíamos estudar e mudar de vida.

Quando *Otosan* vai embora, percebo logo que meu irmão segue à risca o que *Okasan* disse: ele é muito obediente. Está sempre de cabeça baixa e não fala quase nada. Eu fico assim, desconfiado, sem entender por que Mamoro é agora tão calado, não sorri.

De noite, ele me acordou, chacoalhando meu corpo, sussurrando meu nome bem baixinho. Eu levei um susto, achei que a casa estava pegando fogo, meu coração escapou pela boca e depois voltou para o peito sem se encaixar direito na volta. Só dava para ver o escuro dos olhos dele.

— Vamos embora juntos, se mandar daqui. Aqui é o inferno.

— Mas tá louco? Que conversa é essa, Mamoro?

— Você vai ver, agora que *Otosan* foi embora, não te dou uma semana e você vai querer fugir comigo.

Ele voltou para a cama e virou para a parede. Que agonia os olhos dele me deram.

Agora que ele virou de costas, eu fico aqui com os meus olhos bem abertos olhando o teto onde umas luzes estranhas dançam criando formas assustadoras. A cidade tem barulhos muito diferentes de casa. Não durmo mais, fico pensando no que Mamoro disse, sobre o que acontece nessa casa.

Tio Nakamura e tia Mie me trataram sem carinho, mas com respeito, nada de mais, nem de menos. Por que Mamoro não falou nada disso para *Otosan*? Deixou ele ir embora sem a gente? Deve estar brincando comigo, querendo me pôr medo, como quando me contava histórias de fantasma nas noites quentes do Pará.

Fui dormir devia ser mais de duas horas, virei de um lado para o outro, com os pensamentos escapando de tudo quanto era lugar, cada troço que saía da minha cabeça, que nem sei onde estavam escondidos. Criei um tanto assim de medos em uma única noite.

Acordo e vejo a cama de Mamoro já toda arrumada, lembro vagamente que ele tentou me acordar. Penso que ele pode ter fugido, meu tio abre a porta do quarto com a força de uma ventania e pergunta, com uma voz grave, por que ainda não me levantei. Explico que não consegui dormir. Ele bate a porta dizendo que é a primeira e a última vez, que na casa dele não tem vagabundo e que preciso descer para ajudar a limpar a casa. Era sábado.

Parabéns para Mamoro que conseguiu meter medo dentro de mim.

Desço as escadas tentando não fazer o degrau ranger, sem saber o que iria encontrar, que olhar meus tios me dariam por ter acordado às 7h30 de sábado. Na mesa da cozinha, meu irmão está sentado muito ereto, com as mãos sobre o colo em uma posição artificial, a cabeça baixa olhando o pedaço de pão que tinha na sua frente. Não sei o que fazer, se me sento na mesa, se me ofereço para ajudar minha tia, se digo bom-dia. Acabo parado na porta da cozinha, tentando encontrar o olhar do meu irmão e decidir o meu próximo passo, mas ele não olha para mim. Mastiga devagar o pedaço de pão seco que acaba de colocar na boca. Meu tio aparece atrás de mim e eu dou um passo para o lado para permitir sua passagem. Em um tom ríspido, ele me pergunta por que estou parado como um bobo. Eu me sento ao lado do meu irmão que, em um movimento ousado, vira o rosto na minha direção, como se dissesse que agora eu iria entender o que ele quis dizer ontem de noite.

Entendi logo, tudinho. Foi só *Otosan* ir embora que meu tio foi possuído por espíritos malignos. O corpo dele todo mudou, parecia maior, os ombros cresceram, a voz engrossou e os olhos ficaram escuros. Ele, que já era seco, ficou árido, como se fosse morto, um ser humano sem alma. Fui informado que sábado era dia de faxina.

Depois do café, me levantei e segui meu irmão que, em poucas palavras e alguns gestos, ia me orientando no que fazer. O tio sentava-se na sala lendo jornal com a televisão ligada, resmungando quando aparecíamos. A tia ia dando ordens e reclamando que eu não sabia fazer nada certo, me dava uns tapas nas costas e nos braços, mas eram tapas de mulher e não doíam, doía só o coração. Vamos almoçar às duas da tarde, quando parece que tudo terminou. Mamoro disse que tem um trocado escondido e que vai me levar para tomar um sorvete, que era um doce gelado, na padaria da esquina. Só que precisamos esperar os tios fazerem a sesta. Quando ele se certificou de que os dois estavam dormindo, escapamos pela janela do quarto e, pulando o muro, encontramos a rua.

O sol está forte, a rua calma, fico feliz e vejo meu irmão sorrir pela primeira vez desde que cheguei. Ele pega na minha mão e vamos correndo pelas calçadas tranquilas até a padaria do seu Domingos. Eles já se conhecem e parecem bons amigos. Mamoro me apresenta, eu meneio a cabeça sorrindo. Seu Domingos é barrigudo, bigodudo e fala firme, mas sorri de volta. Eu nunca tinha visto uma venda como aquela, era preciso que Mamoro me explicasse como tudo funcionava. Tinha um freezer com os sorvetes bem maior que a geladeira da minha tia, eu olhava maravilhado aquilo tudo. Nunca tinha tomado um sorvete daquele, só raspadinha. Sentamos na calçada e dou a primeira mordida. Que incrível! Aquele sorvete era bem melhor do que o gelo, porque refrescava, mas era doce. Fico sem saber se eu devo ir devagar para saborear bem ou se como tudo logo antes que derreta. Meu corpo quer que eu engula tudo de uma vez e pegue outro, mas Mamoro já tinha me avisado para eu escolher bem porque o dinheiro só dava para um. Então, vou prudente, tomando bem devagar. Mamoro ri e diz que se a gente economizar no lanche da semana, dá para tomar sorvete de novo no outro sábado. Eu penso que ia ser uma semana muito longa.

A vida era muito longa em São Paulo. O medo transformava os minutos em horas, e tudo o que eu queria era que a noite chegasse e o sono me protegesse do dia. Só que havia noites em que o corpo, tão cansado, não conseguia descansar, e outras ainda que, mesmo dormindo, meus sonhos não me davam paz. Todos os dias acordávamos cedo e íamos para a escola, meu tio nos dava dinheiro contado para o lanche maldizendo meus pais, chamando-os de nomes feios, dizendo que não mandavam dinheiro e que mesmo assim ele tinha que nos alimentar. Era bom sermos agradecidos pela bondade dele. Quando voltávamos da escola, tínhamos que ajudar a tia a fazer os trabalhos de casa, fazer a lição, lavar o carro do tio e, quando sobrava tempo, ficávamos assistindo televisão todos juntos na sala. Só que a gente não podia dar palpite nenhum no que assistir. A primeira vez fiquei animado, nunca nem tinha visto uma televisão na vida, depois preferia nem ver, porque meu tio olhava feio se eu tivesse qualquer reação: não podia rir, nem chorar, nem falar nada. Tinha que sentar bem ereto e colocar as mãos no colo, se deixasse as costas caírem de cansaço, levava um tabefe. Preferia ficar no quarto, mas nem isso eu podia escolher. No sábado, era faxina até o almoço e o sorvete escondido de tarde. Vivia para aquele sorvete. Era verdade o que Mamoro dizia, se ficássemos sem tomar o lanche duas vezes na semana, dava para o sorvete de sábado. Passava muita fome na terça e na quinta, mas, no sábado, esquecia. Sentado na calçada na frente da padaria do seu Domingos, eu era feliz.

Domingo, às vezes, meus tios nos levavam até um sítio de um amigo dele para passar o dia. Era em Atibaia, o amigo plantava hortaliças que vendia na feira. Eu gostava de lá porque me lembrava um pouco de casa. Embaixo das árvores, longe dos meus tios, Mamoro e eu podíamos finalmente deixar sair do peito todas as humilhações da semana. As da escola e, principalmente, as dos meus tios.

Tio Nakamura bebia de sexta-feira e gostava de bater na gente, chamar a gente e meus pais de tudo quanto é nome. Resolvi escrever uma carta para minha mãe, escrevi várias, mas acho que meu tio nunca as mandava. Ele dizia que ia pôr no correio para mim. Mamoro disse que já tinha desistido, porque *Okasan* e *Otosan* nunca respondiam e deviam era achar que ele estava inventando tudo aquilo. Mamoro se ressentia cada vez mais com nossos pais, vivia falando que eles tinham nos abandonado nas mãos do mal e que não estavam nem aí para o nosso sofrimento, dando graças a Deus por terem duas bocas a menos para alimentar. Eu não concordei, disse que eles deveriam ter lá seus motivos para deixarem a gente ali e que a gente devia era se concentrar para estudar e sair de lá.

Aos poucos fui entendendo o que precisava fazer para sobreviver. Foi um aprendizado que me valeu por muitos anos e, em muitas situações, me ajudou a continuar. Aprendi cedo a ser puxa-saco. Isso mesmo: um belo de um puxa-saco. Mamoro não aprovava e isso foi a causa do nosso distanciamento. Eu decidi que iria agradar meu tio para evitar suas iras e palavrões. Quando ouvia seus passos se aproximarem, eu prontamente pegava o pano e fingia tirar o pó dos móveis. Sorria, abaixava a cabeça, chamava-o de senhor. Lavava seu carro antes mesmo que me pedisse, fazia com tanto esmero, como se fosse eu o proprietário. Trazia sua bebida, ligava seu ventilador. Fui me tornando seu favorito, sendo chamado de exemplo, não levava mais as porradas que Mamoro levava. A raiva do meu irmão foi crescendo e ele passou a me culpar também pelas maldades do meu tio. As minhas boas ações fizeram do meu irmão o bode expiatório da casa. Eu tentei convencê-lo, mas ele dizia que tinha seu orgulho e que minha tática era desprezível. Que eu era um verme, vendido. Eu vivia de migalhas e aprendi a não ligar, contanto que sobrevivesse.

Assim, minha vida foi tornando-se menos violenta, e quando achei que havia encontrado um certo equilíbrio no qual poderia viver, meu tio nos chamou e nos mandou vestir nossa melhor roupa. Tio Nakamura não parecia o mesmo, algo nele estava fora do lugar. Não sabíamos o que esperar, se era para ter medo ou esperança.

Visto minha calça do uniforme, que é a minha melhor roupa, e coloco minha camisa branca. Fico olhando meu irmão, que se movimenta lentamente, sem vontade de viver. Eu pergunto o que ele acha que vai acontecer, para onde vamos. Ele responde que não se importa, que mesmo que fosse ao encontro da morte, não iria se importar. Meu tio berra e manda descermos, que já estão nos esperando. Eu saio correndo, descendo as escadas ao mesmo tempo em que abotoo a camisa. Mamoro vem atrás, bem devagar, como que para irritar ainda mais meu tio ou para mostrar que seu espírito é indomável.

Entramos no carro sem saber para onde iríamos, já tínhamos aprendido a não fazer perguntas.

Eu engulo a seco, ouvindo o barulho da saliva descendo pela garganta. Aperto uma mão na outra, imagino diferentes cenários. Olho Mamoro e ele está com a cabeça encostada na janela, olhando a lua que nos segue na mesma velocidade do carro. Tio Nakamura nos olha pelo retrovisor e diz que vamos jantar em um restaurante, que vamos comemorar, ele olha para tia Mie, que vira para trás procurando alguma reação de nossa parte. Eu meneio a cabeça e sorrio. Mamoro continua olhando através da janela sem dizer nada. É meu tio quem escolhe e pede tudo, ele come fazendo barulho sem respirar. Não dizem mais nada, não nos contam a razão da comemoração. Quando tenho coragem, eu os olho de soslaio para ver se descubro alguma coisa, tento contato visual com o meu irmão, mas ele continua com sua postura resignada, costas eretas, olhando para baixo, vendo o *tofu*[4] boiar na tigela de *missoshiro*[5].

Quando chegamos em casa, tio Nakamura nos manda sentar no sofá da sala. Ele está sentado com as mãos nos joelhos, e vejo esboçar no seu rosto uma expressão um tanto inesperada para ele. Ele sorri, um sorriso sem crueldade ou deboche. Minha tia olha para sua direção e sorri também. Meu irmão não se deixa enganar, ele não sorri de volta. Eu sorrio porque não sei o que fazer. Então ele nos anuncia um milagre: minha tia está grávida. Tio Nakamura se levanta, vem em nossa direção e bate nos nossos ombros, perguntando se não estamos felizes. Ele está tão dentro dele que na realidade nem se importa com a nossa falta de reação. Começa a falar sem pausa, tão rápido que nossos pensamentos não conseguem ter criação. De repente, seu rosto volta a escurecer e reconheço o mesmo homem de sempre. Ele avisa que, de agora em diante, tia Mie não poderá fazer esforço algum e que Mamoro e eu teremos que nos responsabilizar por todo o trabalho de casa, não só aos sábados. Vamos ter que incluir na rotina o preparo das refeições também, era o mínimo para quem morava de favores, além do que ele não tinha um centavo de ajuda dos nossos pais.

No final, só os dois foram dormir felizes. Eu, que costumava ficar feliz com o nascimento de gente, dessa vez me senti culpado por não conseguir ter o coração contente. Mamoro não abriu a boca o resto da noite.

---

4 Queijo de soja.
5 Sopa japonesa feita com pasta de soja fermentada.

Naturalmente, o que pode piorar, piora. Minha única fonte de autoestima começou a drenar quando não tive mais tempo para estudar. Virei um aluno mediano. Eu ainda conseguia passar pelos afazeres domésticos sem muita reclamação dos meus tios, mas Mamoro agora tinha a sopa jogada na cara quando tio Nakamura não gostava do jantar. Depois que o bebê Akira nasceu, Mamoro chegou ao seu limite, quando foi exigido aos berros, ameaças e sanções, que o trabalho de casa fosse feito em silêncio para não acordar a criança. Se um prato caísse ou o aspirador fosse ligado bem na hora que Akira tivesse adormecido era o inferno. O dia em que meu irmão bateu com o cabo da vassoura em um vaso que se espatifou no chão foi quando tudo mudou.

Venho correndo para ajudá-lo assim que ouço o baque surdo, o choro do neném e em seguida os passos firmes e raivosos do meu tio descendo as escadas. Chego segundos depois dele, mas meu irmão já está no chão, com o pé nojento do meu tio amassando a sua cara contra o piso frio da cozinha. Encontro o olhar do meu irmão tomado de lágrimas e ódio. Ele sempre evitava ao máximo chorar, não queria nunca dar essa satisfação para o tio Nakamura, mas dessa vez eu vejo escorrer dos seus olhos duas lágrimas que pareceram evaporar-se quase que instantaneamente pelo calor do ódio que fazia seu rosto todo se avermelhar. Não sei como aconteceu, mas quando vejo, Mamoro tem aquele pé nojento na boca e lhe dá uma mordida tão feroz, que fica sua boca e o pé do tio tingidos de vermelho. Meu tio grita e pula em um pé só, enquanto meu irmão se levanta do chão e cospe o sangue e um pedaço da carne do pé na direção dele. Mamoro passa por mim me empurrando e sobe as escadas correndo. Meu tio me chama, me xinga, mas eu viro as costas e vou atrás do meu irmão.

Entro no quarto e encontro Mamoro sentado na beirada da cama, tremendo, com os olhos fixos na parede. Tranco a porta e ele me deixa abraçá-lo pela primeira vez desde que eu cheguei em São Paulo faz pouco mais de dois anos. Depois de uns segundos, ele se desvencilha dos meus braços e, olhando nos meus olhos, diz, sem emoção, que precisa de água, que quer tirar aquele gosto imundo da boca. Eu tenho medo de descer até a cozinha, vou ao banheiro do lado do quarto como um rato sorrateiro e tiro as escovas de dente de dentro do copo onde elas ficam. Tento lavá-lo o mais rápido possível, o encho de água e volto para o quarto, trancando a porta novamente. Mamoro bochecha e cospe a água pela janela umas três vezes, pede mais água, agora tem sede. Abro a porta com cuidado novamente e repito o procedimento. Quando volto com o segundo copo, meu irmão está mudado, o menino traumatizado tinha virado um guerreiro samurai tomado de ódio. E fala em voz alta, grita. Eu não sei dizer se ele fala consigo mesmo ou comigo, mas tento fazê-lo se calar com medo dos meus tios escutarem.

> — Há! Agora quero ver se aquele velho nojento vai fazer isso de novo comigo. Eu devia ter revidado há muito tempo. Como ele gritou feito uma criancinha! Foi muito engraçado! Eu devia era ter arrancado um dedo daquele pé asqueroso. Filho da puta!

De repente, percebe a minha presença e me olha como se encontrasse uma solução para os seus problemas mais antigos. Vem chegando perto, bem devagar, tomado por uma loucura qualquer. Olho para seus dentes e tenho a certeza de que ele vai me morder. Eu me esforço para reconhecer alguma parte do meu irmão nesse rosto desfigurado de olhar insano e boca ainda manchada de sangue. Ao se aproximar de mim, ele pega ambas as minhas mãos e me fez sentar na sua frente em cima da cama. Para de gritar e começa a sussurrar, assim como quando me contava histórias de terror. A princípio não entendo o que fala, preciso fazer esforço, ele balbucia, baba. Diz que tem um plano, que já tem tudo organizado, eu só preciso dizer sim. É a única saída: ele vai matar meu tio. Nós vamos matá-lo.

Ele levanta-se e, do fundo do armário, retira uma caixa de chumbinho. Eu não sei o que é aquilo, ele me diz que é veneno de rato, mas que mata pessoas também. Fico pasmo ao saber que ele já estava mesmo pensando em dar cabo daquela situação ao ponto de ter aquele plano todo elaborado. Ele espera o meu sim.

— Vou colocar na sopa de *missoshiro* na primeira oportunidade.

— Calma, Mamoro. Você está me assustando.

— Ele que deveria estar te assustando! Não é mais possível aguentar.

— Eu acho que tenho uma outra solução. A gente pode escrever para *Okasan* e *Otosan* e contar tudo o que aconteceu, como tudo piorou, pedir dinheiro para acalmar o tio.

— Desde quando eles se importam? Quantas vezes você já escreveu e ficou sem resposta?

— Mas eu acho que é porque o tio não manda as cartas!

— E agora ele vai mandar?!

— Não! Mas eu descobri, outro dia mesmo, por um amigo da escola, como mandar eu mesmo a carta. Eu não sabia de nada, ele me explicou como comprar selo, onde ir, tudo. Te juro, vou mandar uma carta amanhã mesmo. Tenho o dinheiro, não é tão caro assim, vai uns dois sorvetes.

— Eles não vão acreditar, eles nunca acreditaram em mim. Eles só querem ter menos bocas para alimentar. A gente está sozinho, cara. Para mim, acabou.

— Você vai acabar com a sua vida. Vai ser preso. Não vai valer a pena.

— Ninguém vai saber, ninguém vai se importar com um velho malvado como esse. Vou estar prestando um serviço para a humanidade, limpando o mundo desse lixo. Vai ser até bom para o Akira. Você está dentro ou não?

— Claro que não. Você não consegue se ouvir? Está falando como um assassino!

— Puta que pariu! Até quando e até onde você acha que puxar o saco dele vai te levar? Você quer mesmo passar a vida abaixando a cabeça, sendo humilhado? Você tem sangue de barata? Covarde!

— Você tá falando como um maluco! Por favor, me promete que não vai fazer nada. Pelo menos me dá uma chance de escrever para os pais e esperar uma resposta.

— Vai depender dele, do que ele fizer nestes próximos dias. Eu não prometo nada.

Rezo, rezo, rezo mais do que jamais rezei em toda a minha vida. Rezo para meu tio não fazer nada, ser bom. Rezo para meu irmão não enlouquecer, ser bom. Rezo para minha carta chegar e meus pais responderem, serem bons. Parece que uma força superior finalmente me escuta. Naquela noite, trancados no nosso quarto, não ouvimos nenhum barulho na casa, nem meu tio, nem minha tia aparecem para nos escorraçar. Nem o pequeno Akira chora. Parece estar tudo vazio. Fantasio que meu tio vai nos queimar vivos, que tirou a família de casa e que vai pôr fogo em tudo. Abro a janela e já planejo a fuga, vejo se o caminho para a padaria está livre como sempre, se o cano está firme para ajudar na descida. Tudo é um silêncio mórbido.

No dia seguinte, saímos do quarto sem saber o que iríamos encontrar. Eu tinha medo, Mamoro tinha raiva. Seríamos colocados na rua, socados, castigados. Meu tio não estava, minha tia não nos olhou, nada disse. Era como se a noite anterior não houvesse existido. Fomos para a escola de barriga vazia e sem o dinheiro para o lanche, na minha pasta carregava a carta escrita na noite anterior e o dinheiro guardado para os selos.

Não vou nas primeiras aulas, me encaminho para a agência dos correios que meu amigo me havia mostrado e fico esperando até que o primeiro funcionário apareça. Aquela carta era a salvação de todos nós. Ela iria chegar às mãos de meus pais, desta vez, isso iria acontecer. Aquele momento definia todos os nossos destinos. Ando de um lado para o outro da calçada como se meus passos pudessem adiantar o relógio e fazer a agência abrir mais cedo. Tenho que esperar uma hora. Quando enfim posto a carta, beijo o envelope, o que faz a funcionária sorrir para mim. Eu só consigo dizer: *Não é de amor, não*. E vou embora.

Algumas semanas se passaram no silêncio. Éramos todos fantasmas naquela casa. Ninguém falava no acontecido. Fui procurar a caixa de chumbinho no armário de Mamoro, queria jogar fora, mas não a encontrei. Perguntei onde ela estava, ele não me respondeu. Tinha medo do meu próprio irmão, só comia o que eu mesmo preparava. Ele mantinha o olhar de insanidade daquela noite. Eu repetia que a carta deveria estar chegando, que ele tivesse paciência. Implorava.

Foi numa quarta-feira à noite que a campainha tocou. Mamoro e eu estávamos trancados no quarto quando ouvimos uma discussão na sala de estar.

Eu reconheço aquela voz, é a voz da minha mãe. Ela grita, para uma mulher japonesa, algo impensável. Ela quer saber como aquilo poderia estar acontecendo, chacoalhando no rosto do meu tio a carta que eu havia escrito. Exige saber o que havia sido feito do dinheiro que mandava todos os meses, o dinheiro da comida que faltava para eles para que os seus meninos pudessem ter uma vida melhor na cidade. Por que seu irmão dizia a seus filhos que seus pais não mandavam nada, que só viviam de favores? Os xingava sem consideração? Por que seu irmão maltratava os próprios sobrinhos? Ela se sentia traída.

Quando descemos as escadas, ela se vira em nossa direção e, com os olhos marejados, vem nos abraçar, como nunca havia feito. Segura meu rosto com ambas as mãos e me olha fixamente, ela pede desculpas em silêncio. Depois, tenta fazer o mesmo com meu irmão, que se esquiva assim que ela se aproxima dele, para ele é muito tarde. Eu estou estático, agora tudo dará certo. Ela nos manda subir e arrumar nossas malas, iríamos embora com ela, naquele momento! Jogo tudo o que tenho dentro da minha mala, sem dobrar nada. Pego meu material da escola, roupas, escova de dente e, em menos de dez minutos, estou em pé ao lado de mamãe. Mamoro não demonstra o mesmo entusiasmo, vem sem vida.

Antes de sairmos, vejo meu irmão encarar demoradamente a garrafa de uísque barato do meu tio sobre a estante onde está a televisão, como se ele tentasse guardar na memória os detalhes daquela casa. Eu não, eu só quero é sair dali o mais breve possível e deixar aquilo tudo enterrado no passado. Ainda meneio a cabeça em sinal de respeito em direção aos meus tios e, segurando a mão de minha mãe com uma mão e a mala na outra, saio pela porta, seguido do meu irmão. Na rua, um táxi nos aguarda para nos levar até uma pensão onde minha mãe havia alugado um quarto temporariamente.

Dois dias depois da nossa partida, minha mãe recebe um telefonema na pensão. Era minha tia que dizia que o tio Nakamura estava morto. Ela culpava a mamãe, dizia que o desgosto o havia matado. Ele tivera um infarto fulminante. Enquanto *Okasan* falava ao telefone da sala, repetindo as informações que minha tia dava de volta para ela, como se desta maneira fizesse sentido do que ouvia, eu olhava para Mamoro tentando ler nas suas reações alguma responsabilidade, culpa ou remorso. Ele estava sentado em uma poltrona com um livro nas mãos, fingindo lê-lo. A força do meu olhar fez com que ele levantasse os olhos na minha direção.

Eu, então, o interrogo em silêncio, mas tudo está vazio, fico sem saber se o que vejo é um sim ou um não. Tudo o que eu desejo é entrar novamente naquela casa e jogar fora o conteúdo daquela garrafa de uísque. Mamoro não parece preocupado, está até bastante calmo. Levanta-se, deixando o livro sobre a poltrona, e passando por mim, esbarra de leve o braço no meu ombro e vai para o quarto. Eu não tenho mais coragem de perguntar, porque não quero a verdade, não saberia o que fazer com ela.

CAPÍTULO 5 – VENTO MOVE AS FOLHAS

O agora é passado. Ver a sua relação com Mamoro se desfazer e ver partir o irmão mais velho foi penoso, por muito tempo ele havia sido sua pessoa favorita. Deixar definhar um afeto que ainda vive é criar um buraco na alma que carrega a velhice de tons escuros. Matar um afeto é ainda pior, e Yoji se deu conta disso no dia em que foi buscar o neto na escola. O menino lhe contou que a avó havia construído um *ofurô*[6] novo na sua casa e aquilo pesou no coração do avô, tomando-o de uma tristeza profunda e confundindo a criança, que não entendeu o motivo pelo qual, de repente, o avô havia ficado calado e taciturno.

Ele sabia que era o principal responsável por aquele arrependimento, e a velhice agora o obrigava a fazer a sua *mea culpa*, ele era um velho que tinha medo das próprias memórias. Não ter vivido bem tornava-se doloroso com o passar do tempo. Havia manipulado a si mesmo para que certas crenças não fossem contestadas, e anestesiava os bons e os maus sentimentos para evitar a náusea de si mesmo.

---

6 Banheira funda de madeira para banhos quentes.

Por um bom tempo, bebeu, bebeu muito. Não voltava para casa depois do expediente, escolhia sair com a secretária, dar uma volta pelos bares da cidade. Sua vida era um desejar após o outro, não havia pequenas felicidades, só pequenos desejos que ele julgava grandes. Era intimidação e sedução. Sua explicação é que tudo isso eram válvulas de escape, como que para se perdoar. Afinal, todo mundo precisava de uma. Agora, o vento movia as folhas anunciando a derradeira estação e ele fazia as contas, realizando que o custo final fora a convivência com a própria família. Sim, ele se arrependia do divórcio.

Nem ao menos havia sido original, ficara com a secretária. Seu casamento seguiu um roteiro bastante entediante, com a exceção do fato de que amou (e ainda amava) muito a ex-mulher, mas que a havia despedaçado e transformado a ternura em ressentimento. Quando pensava no *ofurô* novo da ex-mulher, ele agora assumia para si todas as traições, todos os insultos, todas as brigas.

Em uma madrugada entre tantas, abriu a porta da casa com cuidado, procurando não fazer barulho, se lembrando de como entrava e saía sorrateiramente da casa do tio nas tardes de sábado para tomar sorvete com Mamoro. Ela estava ali, de camisola, encolhida no canto do sofá, ao lado do abajur que era a única fonte de luz em toda a sala de estar. Na mesa de centro, um copo solitário de vinho e uma carta aberta. Mariko, com os olhos inchados e vermelhos, esperava por ele. Não era preciso muito interpretar. Brasília era o epicentro das cartas anônimas, das delações e vinganças. Se ele achava que poderia humilhar quem quer que fosse sem que houvesse retaliações, estava enganado. Sempre havia alguém para esfaqueá-lo pelas costas. A família era o alvo favorito. Aquela não era a primeira carta, nem a primeira vez. O terceiro filho dormia no berço fazia apenas quatro meses, ela não tinha coragem de terminar tudo, então chorava, o confrontava, e nada mudava. Ele suspirou fundo, já impaciente com a conversa que teria que enfrentar. Repetiram tudo, quase o mesmo diálogo de um ano antes, de antes da terceira gravidez que vinha como se para salvar o barco que afundava.

Mariko chorava, Yoji pedia desculpas. Depois, sabendo da impossibilidade de acreditar nas suas palavras, ela gritava, e ele gritava de volta. A verdade vinha com força e eles se machucavam. A carta era amassada, rasgada, molhada por lágrimas e saliva. Ela misturava tristeza e raiva pela dor do amor-próprio destruído, e ele terminava lhe dando um tapa no rosto misturando frustração consigo mesmo e arrependimento por tudo. Às vezes, algo era quebrado, ele jogava o copo no chão, queria que ela aceitasse, que fosse submissa. Tinha medo que ela o deixasse. Ela sentada no chão, derrotada, parecia uma menina. Seus cabelos caíam e escondiam o rosto tão bonito e tão infeliz. Ele não sabia por que fazia aquilo e se ajoelhava para pedir perdão. Cansada, ela se levantava para se trancar no quarto e deixá-lo dormindo no sofá onde, na manhã seguinte, a funcionária ou uma das crianças o encontraria, sem precisar de explicações. E a vida seguia.

Ela ainda iria aguentar mais quinze anos, esperando os filhos crescerem, esperando que pudessem encontrar uma maneira de serem felizes, esperando acordar e ainda amar Yoji. A esperança era tão grande que, em duas oportunidades, ela abriu mão de ser feliz com outro, os filhos foram mais fortes que a outra possibilidade. Amargurou-lhe a velhice, deixando a viver de propinas bovaristas que dava a si mesma de tempos em tempos.

Durante vinte anos de casamento, apesar de arrepender-se momentaneamente quando via os olhos inchados de Mariko, no fundo, no seu particular, ele encontrava desculpas para continuar a traí-la. O fato é que ele achava tudo aquilo natural, estava à sua volta, todos faziam, absolutamente todos os homens que conhecia. E ele, aos trinta anos, pela primeira vez, sentia-se jovem e poderoso. A dedicação aos estudos, o orgulho ferido de anos, as humilhações do tio, a força em continuar e a batalha árdua contra a pobreza o haviam transformado em um super-homem. Estava no seu direito. As mulheres brasileiras queriam o seu poder, o desejam, quando iria imaginar? Não se arrependia. Embebedava-se no poder, apesar de tudo isso, no íntimo, o fatigar.

O que o importava era o escritório com a vista da cidade, a mesa de madeira maciça, o motorista que levava seus três rebentos para todos os lugares, a escola particular, a grande casa no lago sul. Ele ainda tinha a esposa bonita, refinada e elegante, e as amantes loiras tingidas. Era o sucesso e o poder. Ele sonhava em ser ministro.

Anos depois, aquele *ofurô*, que descrevia o neto, pôs todas essas convicções abaixo. *Ojiichan*[7] Yoji não conseguiu responder ao neto quando o menino perguntou por que estava triste. A volta da escola, que era tão animada, de repente estava sombria. Ele deixou o neto com a filha e foi embora dizendo que estava cansado. Suas pernas pesavam e ele andou de volta para casa a passos morosos.

Seu apartamento estava vazio, muito limpo, mas sem vida e silencioso. A segunda esposa era uma dona de casa muito dedicada. Ele sentou-se na sua poltrona em frente à televisão e tentou não pensar. Olhou os controles dispostos na mesa bem retinhos, um ao lado do outro, e se esticou para pegá-los. Ultimamente, só gostava

---

7 "Vovô" em japonês

de assistir à televisão a cabo japonesa. Era engraçado. Nunca fora tão japonês quanto na velhice. Apesar de nunca ter morado no Japão, nem mesmo ter nascido lá. Aquele *ofurô* o estava fustigando.

Quando o neto lhe contou que Mariko havia mandado construir um *ofurô* na sua casa e que, agora, ele tomava banho quente na tina de madeira japonesa da avó nos finais de semana, o peito de Yoji escureceu em arrependimento. Como ele queria tomar banho de *ofurô* com Mariko e com os netos. Quanta besteira ele havia feito, agora era tarde e doía.

O som da televisão o distraiu e ele se deixou entorpecer. Adormeceu em alguns minutos, a janela aberta deixava entrar uma brisa suave. No seu sonho, dirigia uma kombi Volkswagen com os vidros abertos, a estrada se estendia em uma linha reta até o horizonte. Fazia um sol ameno, era um sol de outono, de um domingo eterno. A fita cassete no rádio engasgou, e a passageira do lado, empurrando o botão, a ejetou e começou a puxar a fita marrom que estava presa dentro do aparelho. Ela começou a rir porque a fita não terminava nunca, quanto mais puxava, mais fita saía. Ele começou a rir também e, quando a olhou nos olhos, encontrou Mariko e não Carmen, a segunda esposa. Todavia, ele não se surpreendeu, era natural. Agora que o rádio não funcionava, Mariko disse que iria cantar. Ela tinha uma voz belíssima, há um tempo havia brilhando nos *karaokês* da Liberdade. Ele admirava sua voz. A voz de Mariko soou pelos ares e logo um coro de pequenas vozes infantis juntaram-se, e Yoji olhou para o banco de trás para encontrar seus cinco netos, sorrindo. Foi lindo, mas não iria acontecer. O vento levava as folhas para longe, e ele acordou com o barulho da chave na porta e os passos do tamanco de Carmem que voltava do encontro na igreja.

CAPÍTULO 6 – SOL NA BORDA DA ALMA

O passado está em construção. Depois que *Okasan* apareceu para nos resgatar e da morte misteriosa do tio Nakamura, moramos alguns meses em um quarto de pensão. Eu gostava de dividir a cama com mamãe. Depois de anos desejando, nas noites cruéis da casa do meu tio, o calor da sua proteção, eu estava feliz em vivermos todos amontoados em um único aposento. Não aspirava por privacidade e espaço, eu queria era ficar bem apertado, colado à mamãe e a Mamoro, mesmo que agora tivesse certo medo dele, porque não sabia quais segredos ele carregava. Estava com quase quinze anos, mas apesar de ter vivido tantas coisas, era como se voltasse a ter os doze anos da minha chegada a São Paulo. Mamãe apareceu e regressei à infância. Mamoro me desaprovava.

Meses depois, *Otosan* juntou-se a nós com Hiroshi. Havia vendido tudo o que tinha em Tomé-Açu e chegava para se instalar em São Paulo e reunir toda a família novamente. Ele comprou um sobradinho no bairro de Indianópolis e abriu uma pequena loja de doces. Foi um tempo feliz, ter uma casa na cidade, simples, mas confortável. Morar de novo com *Otosan*, *Okasan* e meus irmãos. Só

Mamoro que não largava a sombra dos olhos. Hiroshi vinha lépido e faceiro como eu quando tinha doze anos e chegava aqui antes de descobrir o que era a realidade. Eu gostava de ver Hiroshi assim, eu me alimentava na esperança dele. Podíamos ser crianças juntos.

Quando voltava da escola, a gente chutava bola no corredor lateral do quintal de casa, que era muito comprido e por isso dava para a bola pegar velocidade. Era o corredor mais comprido que eu já vira. Anos depois, adulto, estranhei um dia ao perceber como aquele corredor era, na verdade, bem pequeno. Na minha memória, ele tinha sido bem maior. Como tudo era bem maior. Mesmo tendo quinze anos, eu era pequeno, uns bons dez centímetros menor que os outros meninos *gaijins*[8] com quem estudava na escola. Meu apego com minha mãe e meu irmão menor também não ajudava muito a me fazer parecer um pouco mais velho. Minha casa era meu refúgio do campo de batalha da escola e das ruas da cidade grande.

Dois anos a mais me deram mais alguns centímetros, confiança e muitos hormônios. Entrei no primeiro ano do científico[9] e tudo mudou.

Estou agora com dezessete anos. O que acabou me ajudando é que, na verdade, tenho dois anos a mais que o resto das pessoas porque estou com a educação atrasada do Pará. Então, sou mais inteligente e não mais tão menor que os outros. O curso científico fica em outra escola mais longe e bem maior. Preciso pegar condução e dar uma de adulto, não tem mais espaço para ser o filhinho da mamãe, sinto medo, como se estivesse na borda, quero saltar na fé, mas o peito bate acelerado e paraliso.

---

8 Maneira pela qual os japoneses chamam os estrangeiros / os não-japoneses.

9 Tipo de Ensino Médio de antigamente.

Ao entrar na sala de aula, paro e analiso, faço uma varredura do ambiente, quem é quem, e decido para onde vou. Não muito na frente para não parecer CDF, nem muito para o fundo, pois sei que não darei conta de ser um garoto do fundão. Faz muito barulho, há um burburinho de conversa, todos parecem se conhecer, mesmo sendo um ano novo para todo mundo. Tento procurar meus iguais. Ela, então, aparece na minha frente, essa menina japonesa de blusa branca listrada e saia rodada azul-marinho. O cabelo na altura do ombro, um pouco ondulado. Apesar de pequena, ela definitivamente se destaca no meio daquela bagunça. Seus olhos se encontram com os meus e ela sorri. Acho que é um bom sinal e começo a caminhar em sua direção. De repente, um braço aparece em volta dos seus ombros e ela é abraçada por um *gaijin* bem alto que a cumprimenta junto com outra menina com cara de portuguesa. Sou obrigado a fazer uma curva de maneira discreta e acabo dando de cara com o Sadao.

Sadao, eu conhecia da outra escola, da infância. Ao reconhecê-lo foi como se, ao me afogar em alto-mar, avistasse uma boia salva-vidas. Nos seus olhos vi que ele também estava tão aliviado quanto eu. Sadao tocava violão que era uma beleza e, quando cresceu, tratou dos dentes de todo mundo. Depois de alguns minutos, Haruo chegou e viramos o trio japonês. Haruo, quando cresceu, foi construir pontes e viadutos, era o mais inteligente dos três e quem ajudava todo mundo durante as provas com a maior generosidade do mundo. Ao contrário de mim, ele não se sentia usado, mas contente em ajudar. Eu não, eu ficava puto quando um *gaijin* se aproximava só para pedir cola, como se fosse só para isso que eu servia. Depois de um tempo, ninguém mais me pediu nada, todo mundo ia direto para Haruo. Ele até começou a ganhar certa popularidade na escola e foi inclusive convidado para algumas festas fora da nossa pequena comunidade, mas nunca se deixou vencer por essas vaidades e continuou fiel a nós e aos estudos. Eu sempre o admirava, porque sabia que se fosse eu, facilmente me deixaria levar por tudo aquilo e me acharia o rei do pedaço. Meu orgulho sempre foi maior do que eu podia suportar.

Enquanto o professor não chegava, começamos a colocar a conversa em dia, mas eu não podia evitar de olhá-la de vez em quando. Haruo logo percebeu e me colocou a par das informações mais importantes.

— Ela não é para você. Para nenhum de nós. Minha mãe é amiga da mãe dela.
— Como ela se chama?
— Mariko. Mas tem um nome brasileiro, acreditam?
— Qual?
— Não me lembro... no final, todo mundo chama ela de Mariko.
— Mas por que tem um nome brasileiro?
— Sei lá...
— O que mais você sabe dela? — perguntou entusiasmado Sadao (o que eu não gostei nem um pouco).
— Ela tem um monte de irmãos, é a mais nova, vive largada pela rua e só anda com *gaijin*. Já namorou com um soldado da rua também.
— Caramba! — respondemos em coro.
— Pois é... ela sempre foi muito gentil comigo, parece uma menina boazinha, mas minha mãe não acha boa coisa. Andar misturada com *gaijins*, pelas ruas, namorando assim, como se fosse normal.
— Mas é normal, todos eles são assim.
— Eles são assim, mas nós não somos. Nós somos japoneses.

O professor chegou e fomos obrigados a nos sentar. No final, acabamos na frente da sala mesmo, como era de se esperar. Tentei assegurar um lugar mais para o meio, mas Haruo me puxou. Pensei que estava danado, agora aquele seria meu lugar até o final do ano. Virei e vi Mariko sentada do meio para o fundo da sala. Ela estava bem ereta, pronta para ouvir o professor, como uma típica menina japonesa. Era estranho, parecia acessível, mas ao mesmo tempo uma pequena deusa, bem distante do pobre garoto que eu era. Mariko estava entre dois mundos, a parte japonesa era o que me lembrava de casa, aconchegava e me fazia acreditar que eu tinha uma chance, no entanto, a sua parte de costumes ocidentais me amedrontava, impressionava, atraía e me dizia que ela nunca iria se interessar por mim.

Foi difícil me concentrar nas primeiras aulas, eu tinha vontade de ficar virado para o fundo da sala, observando-a. Qualquer oportunidade que eu tinha de virar para trás, eu virava. Se alguém fazia uma pergunta, ria ou derrubava algo, era a minha chance. Ela nunca me olhava de volta. Dava risadinhas sem cobrir o rosto para as colegas à sua volta. Haruo, enfim, chamou a minha atenção, olhando-me severamente como se fosse meu pai, mandou a mensagem não-verbal que eu estava exagerando e, com um movimento da cabeça, entendi que deveria era olhar o professor.

Até que eu conseguisse falar com ela, não pude aprender nada. Sadao entendeu, porque também tinha uma quedinha por Mariko, mas como ele fazia bem mais sucesso do que eu com as outras meninas *nisseis*[10] da comunidade, ele era mais relaxado. Haruo me alertava, eu achava que ele queria era me tirar do caminho dele,

10 Filhos de japoneses nascidos fora do Japão.

porque já tinha o pegado olhando para ela também, e olhando perdidamente. Ele negava, todas as vezes. A minha suspeita se confirmou quando um dia, no pátio da escola, ela o cumprimentou. Disse bom dia e entregou para ele uma caixa embrulhada com papel marrom e amarrada com um barbante que, segundo ela, havia sido mandada pela sua mãe para ser entregue à mãe de Haruo. Ele ficou claramente desconcertado e quase derrubou o embrulho quando a mão dela acidentalmente tocou a dele. Ela sorriu de leve. O besta do Haruo esqueceu-se completamente de mim e de Sadao, que estávamos em pé ao seu lado. Eu lhe dei um esbarrão para ver se o trazia para a realidade, mas ele nem se tocou. Sadao, vendo que não ia adiantar e porque sempre fora mais descolado, fez a sua própria apresentação.

— Sadao, prazer — disse esticando a mão.

— Tudo bem? Eu sei, já te vi tocando violão na associação umas vezes.

— Você vai lá? Não me lembro de ter te visto.

— Eu quase nunca vou. Só quando minhas irmãs insistem, não é muito meu tipo de programa — (eu fiquei pensando no que ela queria dizer, acho que era porque não andava com japoneses).

— Vai ver que é por isso — Sadao respondeu um pouco ofendido e já perdendo o interesse.

Ficaram todos em silêncio. Ela fez um movimento para ir embora e, não sei com que coragem, saiu do meu corpo uma voz forte e determinada.

— Sou o Yoji, prazer. Eu também nunca vou na associação (por outros motivos).

— Prazer. Bom, vou indo, minhas amigas estão me esperando — e apontou para o grupo de *gaijins* que nos olhava a um metro de distância como se fôssemos de outro planeta.

Resumiu-se a isso, por meses. Fui fazendo pesquisas, coletando informações. Sentia-me morrer aos poucos quando um *gaijin* passava o braço em volta do seu ombro no pátio da escola. O rumor era que o tal de Rubens, um moreno grande, alto e com cara de mais velho, era o namorado secreto dela. Nem a família dela, nem a dele pareciam aprovar o relacionamento interracial. Diziam que se viam escondido, mas eu os observava como um gavião e tinha lá as minhas dúvidas. Se fosse verdade, eles eram mestres dos disfarces. Anos depois, quando já éramos casados, eu perguntei para Mariko sobre Rubens. Era tudo verdade, e numa discussão soube que eu fui sua opção fácil, porque esperada pela sociedade e pelas nossas famílias. Ela disse que nunca me amara.

Fato é que um dia aproximei-me de Mariko na saída da escola e menti. Disse que morava perto da casa dela e que iria pegar o ônibus junto. Ela voltava sempre com uma amiga que eu fazia questão de ignorar, uma portuguesa chamada Maria José. Eu sabia que não queriam a minha companhia, mas insistia mesmo assim. Me livrava de Maria José só nos últimos dois quarteirões, depois que descíamos do ônibus e ela virava em uma rua à direita. Era o melhor momento do dia. Mariko sentia-se incomodada, e eu, desajeitado. Nas primeiras vezes, íamos em silêncio, depois, cansada, ela começou a me fazer perguntas. Teve pena de mim.

Quando Mariko entrava em sua casa, eu suspirava. O som metálico do portão reverberava pela rua, martelando o meu peito. De novo, não tinha conseguido dizer nada do que queria. Fico lá parado, naquela calçada dura e trágica, de ombros caídos, como se derretesse e me desfizesse em pequenos pedaços até desaparecer para sempre.

Volto pela rua em direção ao ponto de ônibus, enrolado em fantasias, em delírio, imagino grandes diálogos com ela. Tropeço, esbarro nos outros, sou xingado, mas tenho no rosto um sorriso idiota. Preciso verificar nos meus bolsos se tenho ainda um trocado sobrando para voltar para casa. Na maior parte das vezes não tenho, o que significa que preciso andar a pé até minha casa, levo uma hora. O caminho é longo, mas cheio de planos. Amanhã farei assim, amanhã farei assado. Com o sol na cabeça, sede e os pés latejando, continuo sorrindo e digo a mim mesmo que tudo isso vale a pena, só por causa daqueles dois quarteirões diários em que tenho ela só para mim. Minha mãe não compreende por que chego tão tarde, nunca tenho dinheiro e gasto tanto sapato. O amor custa caro.

O problema era quando chovia e chegava em casa encharcado, com os pés ensopados. Como só tinha um par de sapatos, no dia seguinte, passava o dia com os pés úmidos pensando nela. Um dia, sua mãe me viu do lado de fora e me convidou para entrar. A contragosto de Mariko, fui empurrando o portão. Foi o dia mais feliz daquele semestre inteiro. Eu amei dona Kimi e ela me amou. Eu guardava em mim o puxa-saco nascido na casa do tio Nakamura, sabia como agradá-la, e dona Kimi viu em mim a maneira de Mariko esquecer Rubens de vez. Depois desse dia, ficou acordado que todas as quartas-feiras estava convidado para o chá. Ganhei a menina, na insistência, por causa da mãe.

Precisei pedi-la em namoro três vezes até ela dizer sim. Eu achei que convencê-la era a parte mais difícil, mas não foi. Fazê-la me amar foi mil vezes mais complicado. Entrar no seu mundo causou-me mais sofrimento do que os anos que passei na casa de tio Nakamura. O medo era outro, era o de uma morte em vida. Mariko mantinha seus amigos e eu em compartimentos separados da sua vida e aquilo me machucava, eu não conseguia disfarçar. Estava cabisbaixo porque ouvi entender que ela se organizava para ir ao teatro com um grupo de amigos e desejava no íntimo que ela não fosse. Percebendo minha tristeza, ela acabou por me convidar. Fiquei muito surpreso, pois não era isso que a minha pequena encenação almejava, eu queria que ela desistisse do programa, e não que eu fosse incluído nele.

Eu nunca havia ido ao teatro, não fazia ideia do que poderia acontecer. Todas as vezes em que ela conversava com os amigos, eu ficava ao seu lado, parado como um poste, esperando, desejando não estar ali, lutando internamente para encontrar o que dizer e terminando por me calar. Não sabia como interagir com *gaijins*, eles eram barulhentos, riam muito alto, empurravam você, batiam nas suas costas para te cumprimentar. Mas Marli, que era seu nome brasileiro, não parecia se importar com nada daquilo, ela se locomovia entre eles com a maior naturalidade como se nem fosse uma japonesa. Era muito estranho vê-la nesse contexto, eu quase não a reconhecia, quer dizer, era a mesma Mariko de sempre, mas com um quê de diferente, que eu não sabia decifrar. Era um quê de beleza e atitude, de força e alegria, que eu queria para mim também, mas que me aterrorizava.

Percebi que teria que dizer sim, que teria que ir ao teatro. Foi a pior noite da minha vida e a melhor também. Vendo a ansiedade que me fizera trocar de roupa três vezes, Mamoro, depois de muitos anos me ignorando, me emprestou uma camisa bonita que ele tinha. Ele gostava de Marli, ambos eram japoneses modernos, entrosados com a cultura brasileira, cultos, lidos, refinados. Acho que ele também a amou por um tempo, para mim era claro que ele achava que eu não estava a sua altura, um caipira, puxa-saco, CDF. Ele viu, nessa ida ao teatro, uma oportunidade importante para que seu irmão ficasse mais pessoa. Vi amor no seu gesto.

Chego no portão da casa de Mariko já suando e me arrependendo profundamente de ter aceitado o convite, era melhor que ela fosse só com os amigos. Penso em inventar um mal-estar enquanto me sento no degrau da varanda na esperança de que o ar fresco possa ajudar a diminuir a minha ansiedade. Olho para as palmas das minhas mãos, verificando se elas não estão excessivamente suadas. Ouço a voz de Mariko se despedindo dos pais e me levanto, virando na sua direção. Só é preciso um breve segundo para que me acalme, a visão daquela garota, que é minha namorada, me acalenta, ela é linda demais.

Quando acordo agora, uma das dores mais pungentes é a falta do seu amor. Naquele momento, eu nunca imaginaria que essa seria a nossa história. Eu era o garoto mais sortudo do mundo, disposto a fazer de tudo para nunca perdê-la.

Vendo que estou hipnotizado pela sua imagem, ela dá um rodopio gracioso que termina com uma saudação e um sorriso. Começamos a rir os dois. Ela me diz que estou bonito e elogia a camisa de Mamoro. Eu aceito o elogio e não digo nada. Mariko me dá o braço e começa um monólogo que dura até a porta do teatro, vai me contando sobre a peça que vamos assistir, *Cemitério de automóveis*, entendo que os atores são muito importantes, e o texto, revolucionário, mas isso não sei o que quer dizer.

Na porta do teatro, estão Irene, Maria José, Álvaro, Rui e Dário. Eu os conheço superficialmente do pátio da escola. Somos recebidos calorosamente. Mariko, agora Marli, logo engata uma conversa animada com as outras duas garotas e eu fico mudo ao seu lado, olhando em volta para não encontrar o olhar com Álvaro, Rui ou Dário e ter que dizer alguma coisa. Eles me entregam o panfleto da peça. Na capa há uma foto estranha de um homem deitado sobre uma motocicleta, acompanhado de uma mulher com um sorriso meio maligno. Álvaro explica que era uma referência a Jesus Cristo, a maneira como o homem estava com os braços abertos como crucificado. Eu não tenho referência de nada e entendo bem pouco do que dizem, sei só que estão muito entusiasmados e que estar no teatro parece algo corriqueiro para eles. Lembram outra peça chamada *Roda Viva* e de como a peça havia sido invadida pelos CCC (Comando de Caça aos Comunistas) e os atores haviam sido agredidos. Eu começo a ficar com medo, não me envolvo nesse tipo de confusão, passo a olhar ao redor, procurando pessoas com cara de militar. Dário faz troça de mim quando percebe que eu estou ficando tenso e todos riem. Idiota.

Há muitas pessoas na calçada da porta do teatro, a grande maioria jovens e estudantes como nós. Todos falam alto e riem como se estivessem em uma festa na rua, eu olho em volta, um pouco para evitar a conversa com os amigos de Mariko, mas sobretudo porque não entendo muito bem como tudo aquilo funciona. Inúmeras perguntas rondam a minha cabeça: Quando iríamos sentar? Que porta usar? Os atores iriam passar por nós e nos chamar para a sala? Estariam pintados e vestidos com fantasias? Eu não sei de nada, nem que há um sinal sonoro para entrar, nem que os assentos são marcados no bilhete e nem que a gente só vê os atores quando eles aparecem no palco.

Todos estão calmos e felizes, o que me faz crer que tudo corre como o esperado, que nada fora do comum acontece, mesmo assim eu suo. Tenho um sobressalto quando o primeiro sinal toca, acho que é uma emergência. Desta vez, ninguém nota, só Mariko, que aperta minha mão e sorri, explicando que era a chamada para entrarmos e encontrarmos nossos lugares. Ela vai puxando a minha mão, caminhando atrás dos amigos. Não era um teatro como havia imaginado porque o palco não está na frente do público, e sim, no centro. As cadeiras são giratórias e há uma porção de objetos estranhos e inusitados no palco, como se fosse um ferro-velho. Quando a luz se apaga, sinto que vou morrer, que seremos invadidos, que tudo aquilo será rapidamente consumido pelo fogo. Tento me levantar, mas Mariko me puxa, perguntando onde vou. O pavor no meu olhar, ela não vê, porque já está escuro. Ela diz que agora preciso esperar para ir ao banheiro, que vai começar. Eu nem sabia que havia um banheiro ali, só quero sair, ver o céu e respirar.

O som, as luzes que agora iluminavam o palco, os atores, a maneira como falam, as palavras duras constroem um ambiente perturbador, é tudo estranho e grotesco. De poesia, não vejo nada. Morte, sexo, violência. Nada passa pelo meu consciente, tudo me atravessa como um tornado indo direto ao meu subconsciente, mexendo com minhas emoções. Eu tenho certeza de que o holofote cairá sobre mim a qualquer momento e eu serei chamado à cena. Acho que os atores chamam os espectadores a participar, estou apavorado. Meu corpo está em chamas, a cabeça roda como se eu estivesse entorpecido, tenho vontade de vomitar. Olho à minha volta e vejo as pessoas admirando o espetáculo, pensativas, calmas, absorvidas pelos atores. Eu, eu estou absorvido pelas sensações que tudo aquilo me causa, sozinho no meio do furacão do meu desespero pessoal. Minha primeira vez no teatro é traumática. Tento me manter mestre do meu corpo, respiro pesadamente. Mariko me olha para verificar se eu durmo, mas é o contrário, vivo intensamente e desejo desesperadamente sair dali. Sussurro que preciso ir ao banheiro e tento me levantar, mas sinto que vou desmaiar e, logo, volto a me sentar. Mariko parece se incomodar, e eu, sentindo que a deixo constrangida, não me movo mais. Aperto uma mão contra a outra. Sofro enormemente. Gira o palco, giro eu.

O absurdo e a falta de pudor dos atores, o não saber como me comportar na plateia, os amigos *gaijins* de Mariko, a Marli em cena e a Mariko escondida me dão a primeira experiência de angústia e ansiedade da vida adulta, quando achava que estava tudo sob controle.

Passei a detestar o teatro e qualquer evento cultural. Mariko me chamava de tosco. Ela nunca entendeu o que passei naquela noite. Com o acender das luzes e o final dos aplausos veio o alívio de que tudo estava, enfim, terminado. Temi me levantar da poltrona e cair. *Vamos!* Ela falou. Pedi para irem em frente e prometi que os encontraria na calçada, Mariko decide permanecer sentada ao meu lado. Aos poucos, o teatro foi se esvaziando e tornando-se mais silencioso, havia espaço.

Ela me olha e me vê. Com delicadeza, pega a minha mão e a beija. Eu tomo coragem e procuro seus olhos, meu coração se acalma. Ela acha que estou me recuperando da densidade do encontro com a arte, eu não desminto. Sei que não passo de um caipira com ansiedade social, mas disso ela não pode saber. *Foi incrível*, é o que digo. Ela sorri e me beija os lábios, assim em público, como brasileiros. Nós dois, sozinhos na plateia do teatro.

Um funcionário se aproxima e pede que deixemos o recinto. Levanto-me sem medo de cair e, de mãos dadas, saímos juntos para encontrar seus amigos e o ar fresco daquela noite em São Paulo. Ela finalmente me amava. Giro eu, gira ela, giramos nós.

CAPÍTULO 7 – BAMBU DOBRA, NÃO QUEBRA

O agora é passado. Depois de trancar a porta, Carmen foi desligar a televisão, mas Yoji, voltando devagar à realidade, pediu que a deixasse ligada. O canal japonês NHK mostrava uma paisagem da primavera e a voz suave da narradora fornecia dicas de passeios. Ele se deixou ficar na poltrona, olhando aquelas imagens de um país onde nunca vivera, mas do qual se sentia mais parte do que do país onde nascera. Yoji entendia metade do que ouvia, como se sentia metade japonês, mas a identificação era direta e completa com tudo aquilo, pensava que poderia ser ele andando entre aquelas cerejeiras. As músicas japonesas sempre cantavam o sofrimento, cantando a sua alma. Era um sentimento que crescia com a chegada da velhice. Um sentimento cada vez mais estranho, como podia ele se sentir mais parte de um lugar onde estivera uma única vez do que no lugar onde construíra toda a sua existência? As raízes fortes é que sustentavam o tronco e os inúmeros galhos do seu ipê brasileiro, mas ele vivia a velhice e morria como um bambu.

Lembrou-se da sua única visita ao *Nihon*[11], o sentimento de estar na terra de seus pais era como estar de volta a sua própria casa e,

11 "Japão" em japonês.

nos primeiros dias, ele sentiu-se completamente integrado. Havia arranjado uma viagem de negócios e um guia lhe foi designado para o receber e o ajudar durante todo o trajeto.

Lá para o terceiro dia, resolveu se aventurar sozinho e foi então que a fantasia em que vivia se desfez. Estava em uma estação de metrô, queria chegar ao centro de Tóquio. Parado na plataforma, deu-se conta de que não sabia ler. Julgava que entendia e falava bem o japonês, mas se esquecera do detalhe de que não conseguia fazer sentido nenhum das direções que as placas lhe davam. Observava aqueles símbolos misteriosos, mas familiares. As pessoas andavam apressadamente, vestidas em roupas escuras, todas ensimesmadas. Era difícil se aproximar de alguém, e ele ficou hesitando, tentava se apresentar, interceptar os transeuntes que disfarçadamente se esquivavam dele. Vendo um senhor parado em frente a um mural, percebeu a sua chance. Quando pediu ajuda, o homem se virou para ele, com o olhar mais severo que o de seu próprio pai no seu pior momento de ira, e gravemente lhe perguntou por que não sabia ler, se era analfabeto. Olhando-o de cima a baixo, perguntou de onde vinha com aquele japonês de camponês.

Foi aí que se deu conta de que havia aprendido um japonês de camponês, carregado do interior, de força braçal e de pouco estudo. O japonês de seus pais era a palavra enferma, submissa e turva dos pobres. Doeu-lhe o desprezo com que foi tratado, como se os seus próprios pais estivessem sendo humilhados naquela plataforma por aquele estranho que nada entendia da sua história, da sua vida. Preferiu se calar porque lhe faltava o vocabulário da ofensa, da dor e da agressão. Nunca um homem tinha se dirigido a ele daquela forma depois que tinha se tornado um profissional de sucesso no Brasil, muito menos um japonês. E ele ficou parado, o olhando sem poder dizer nada. Deu-lhe as costas, depois pensou em voltar e dar-lhe um soco na cara. Chegou mesmo a fechar as mãos em punho com força, sentindo todo o seu sangue subir para as têmporas. Quando decidiu o confrontar já era tarde, ao olhar de novo para o local da ofensa, o homem havia desaparecido.

Encontrou sua imagem refletida no painel de uma propaganda e ficou olhando seu rosto, tentando encontrar nele o que havia de diferente de todos aqueles que estavam ao seu redor, sem achar resposta. Aceitando a derrota, Yoji voltou para o hotel e pediu, em um inglês bem macarrônico, que entregassem o almoço e uma cerveja no seu quarto, dando o dia como terminado. Não iria a lugar nenhum. Quando o avião pousou em Guarulhos, Yoji estava perdido, sem identidade, e agora pensava que morreria neste não-lugar.

Carmen apareceu trazendo uma xícara de chá e dois pães de queijo em um pratinho. Ela tinha sido uma mocinha morena bonitinha que fazia estágio no seu último trabalho, era quinze anos mais nova. Agora era uma senhora como ele, com cabelos tingidos de loiro e sem ocupação. Ele a havia desejado, como havia desejado inúmeras mulheres, fora isso, pouco tinham em comum. Estavam juntos porque ela precisava dele, e ele, dela. Ela havia sido um compartilhamento escondido da vida dele por muito tempo, até o momento em que o divórcio foi oficializado e ela veio à luz, com seus cuidados e submissão que serviam bem para a sua velhice. Mesmo assim, ela nunca fez questão de sair do seu pequeno compartimento, nunca quis se relacionar com a família de Yoji, nem mostrou interesse em aprender a comer comida japonesa, ou qualquer coisa que vinha dele. E agora a distância entre os dois só parecia aumentar.

Quando se apaixonou por Mariko ainda adolescente, não havia a opção de se casar com uma *gaijin*, essa possibilidade nem passava pela sua cabeça, era algo mal visto, e também, para ele, algo impossível. A integração que buscava era pela educação, uma integração econômica. Às vezes, ele entendia o porquê, havia momentos em que se arrependia de estar com Carmen. Yoji havia preferido que seus filhos se casassem com *nihonjins*[12], pelo compartilhamento de uma mesma cultura, de um mesmo valor. Ele confiava em nisseis como jamais confiou em *gaijins*. Como se neles não houvesse falta de caráter e que se houvesse erro, não seria nunca de má-fé. Até quando ia escolher seus assessores, dava um jeito de colocar um *nihonjin* no grupo, nem sempre no cargo mais alto para evitar mostrar favorecimento racial, mas sempre considerava esse como o seu suporte real. Porém, nenhum dos filhos se casou com um *nihonjin*. Vendo os netos mestiços, Yoji chegava à conclusão de que a miscigenação era melhor, se integravam facilmente, apareciam na televisão, eram mais representados, era uma nova geração.

A rigidez o havia deixado vulnerável. Com o tempo foi aprendendo a dobrar-se, sua raiva vinha do não pertencimento, de fazer parte de dois mundos simbólicos, às vezes, incompatíveis. Estava na sociedade sem ser da sociedade e sem a possibilidade de partir, por não se ter para onde ir. Isso o havia frustrado durante grande parte da vida. Era uma identidade de trânsito. Estava com setenta e quatro anos e ainda em trânsito.

Olhava para Carmen com seus costumes e hábitos, comia seu arroz e feijão temperados, ouvia suas músicas evangélicas e não sabia como dialogar. Sentia saudades de Mariko, tinha o coração na borda da alma. Aceitava e dobrava-se, a vida era assim mesmo.

---

12 Japonês (pessoa nascida no Japão) em japonês, usado, no Brasil, em oposição à gaijin. Podendo ser um nissei.

CAPÍTULO 8 – GAROA DE INVERNO

O passado está em construção. Identidade de trânsito. No Pará, éramos os donos das terras, e os *gaijins*, na sua maior parte, nordestinos, eram os empregados. Em São Paulo, os ocidentais mandavam, agora o empregado era eu. Foi a terra da garoa que me ensinou que eu era um japonês.

Os primeiros dias de aula do ginásio[13] não foram tão diferentes daquele primeiro dia de aula no científico[14], mas ainda não havia Mariko, nem Sadao, nem Haruo. A professora havia organizado a sala por ordem alfabética. Quando cheguei, ela me apresentou ao meu companheiro de carteira. Naquela época, a gente se sentava de dois em dois em bonitas mesas de madeira vandalizadas por nomes e palavras talhadas com estiletes. Ele se chamava Vicente José Maria e seu nome vinha logo antes do meu. Mesmo sentado era possível perceber que era um garoto grande, alto e robusto. Tinha um bigode ralo sobre os lábios já apontando o início de uma adolescência precoce. Olhou-me com desprezo, eu lhe fiz uma reverên-

---

13 Ensino Fundamental.

14 Tipo de Ensino Médio de antigamente.

cia com a cabeça e sentei-me bem devagar ao seu lado, fazendo o que podia para não incomodá-lo. Sem querer, dei conta de esbarrar os meus livros no seu braço e ele me disse para abrir os olhos, me chamando de japa. De verdade, estava esperando um desconto de Deus por ter que aguentar tio Nakamura, mas não tive nenhum.

Eu só queria estudar, encontrar um bom emprego e me dar bem na vida. Era a ladainha que repetiam meus pais. Ouvia suas vozes na minha cabeça dizendo para respeitar todo mundo, dizer sempre "sim, senhor", abaixar a cabeça e seguir em frente com meu objetivo em mente. Era preciso enfrentar tudo e vencer, repetia isso para mim mesmo todos os dias no caminho da escola, como maneira de vencer minha humilhação diária em casa e no pátio do colégio. Ficava observando Vicente José Maria de longe, que apesar de burro, sem conseguir aprender uma lição, passava os dias sem que ninguém lhe dissesse nada, ninguém mexia com ele. Tentava entender a lógica dos *gaijins*. Para um *nihonjin* ser considerado burro, era a morte. Aqui, ninguém parecia se importar. Alguns alunos levavam vaias quando diziam alguma besteira, mas Vicente José Maria nunca. Bastava um olhar, um estalar de dedos, um punho fechado que todos se calavam. Ele era um bípede estourado. O medo impunha respeito. Ele era a versão escolar do meu tio Nakamura.

É dia de prova de matemática, estamos todos concentrados com os lápis nas mãos, ansiosos para colocar no papel o estudo da noite anterior, loucos para escrever as fórmulas decoradas, antes que todas aquelas informações memorizadas escapem da nossa mente e causem um branco desesperador. Bato com o lápis na mesa esperando receber meu papel. Na sala, só os saltos da professora ecoam, aumentando a tensão. Do meu lado, Vicente José Maria balança a perna sem parar e come as unhas da mão direita. Por um instante, temo pela minha vida, acho que ele vai explodir e virar a carteira, levantando-se de supetão, num arroubo de violência e loucura. Porém, como em todo momento de tensão, vejo uma oportunidade. Já havia aprendido a lidar com meu tio e acho que posso fazer o mesmo com Vicente José Maria. Vou trazê-lo para o meu lado, fazer dele meu guarda-costas. Inclino-me na sua direção e sussurro: *se quiser, posso te ajudar*. Ele parece surpreso, arregala os olhos. Até então, eu havia sempre escondido com o braço o meu papel, tentando colocar uma distância entre nós nos momentos de avaliação. Ele logo meneia a cabeça, consentindo. Completo: *só não copia tudo, se não a professora vai desconfiar*. O acordo está selado.

A partir daquele dia, eu lhe dava as anotações e as colas, e ele, a sua proteção. Quando virei seu protegido, minha vida mudou. Não viramos amigos, mas parceiros de negócios.

Depois de um mês de aula, vi entrar pela porta da sala alguém que se parecia muito comigo. Magro, franzino, o ar amedrontado, segurando com ambas as mãos os cadernos em frente ao corpo. Era como se estivesse fora do meu corpo, vendo a mim mesmo no meu primeiro dia de aula semanas atrás. Como de costume, o barulho tomava conta da sala, e para alguém entrando lá pela primeira vez era como se chegasse no meio de uma batalha em andamento. Seus olhos finalmente me encontraram e eu acenei de leve. Ele meneou a cabeça e veio na minha direção. Era Sadao, o mesmo que continuaria meu amigo no científico. Junto dele vinha Moisés, um judeu amante dos estudos como nós, que seria nosso único amigo *gaijin*. Só o notei quando percebi que caminhavam juntos com o mesmo olhar assombrado. Uma breve apresentação foi feita, com orgulho, apresentei Vicente José Maria dando-lhe um tapinha no ombro como se fôssemos velhos amigos, ao qual ele me respondeu com um olhar de reprimenda, o que me fez dar um sorriso sem graça. Logo, a professora apareceu para colocar ordem na sala e os dois novatos foram se sentar nos seus novos lugares. Sadao ficou próximo, no final do alfabeto com a gente, Moisés foi para o meio da sala.

Passamos a andar os três juntos, Sadao, Moisés e eu, nas épocas das provas, Vicente José Maria também. A proteção de Vicente se estendeu a todos nós. Era um grupo singular, uma pequena entidade que caminhava por si só isolada do resto. Era bom tê-los do meu lado, mas a vida não era boa, era menos pior. Ouvia as outras pessoas conversando sobre passeios que faziam, bailinhos a que iam, organizadas em rodinhas de conversas às quais não pertencia. Tentava fingir que não me importava, achava que eles falavam mais alto quando eu passava por perto para me provocar, mas, na verdade, acho que eu era invisível e eles nem se davam conta da minha existência. Nunca éramos convidados para nada, os *gaijins* eram superiores, em um ciclo natural de um preconceito velado, implícito, por eu ser nortista, pobre e japonês. A verdade é que isso nem era visto como preconceito, era aceitável, compreensível, natural. E eu aceitava.

Nossa saída era mesmo o estudo, se impor pelo estudo, ser respeitado assim. Nossos professores nos adoravam, era só nesses momentos que não me sentia menor que os outros. Era a maneira de existirmos, nossa arma. Gritar que estávamos lá. Fui criando confiança, falando mais alto, aprendendo a me colocar na sala de aula. O melhor dia foi quando finalmente fui convidado para minha primeira festa *gaijin*, porque havia dado minhas anotações para outro garoto, conhecido de Vicente José Maria.

A vida parecia enfim girar, mamãe nos salvara das garras do tio Nakamura e eu aprendia a sobreviver aos anos de ginásio sem grandes feridas, porque tinha Sadao, porque tinha Moisés. Implorei aos dois para me acompanharem. Era um momento crucial para nossa popularidade e integração. Eles não estavam nem aí. Sadao porque, sempre frequentando o clube da colônia e tocando violão, se sentia popular o suficiente, e Moisés porque desprezava toda aquela gentalha ignorante. Além do mais, ninguém tinha um centavo. Trabalhei duro na vendinha do meu pai, horas extras nos finais de semana, para juntar o que precisava para conseguir ir até a casa do Fausto, o dono da festa. Depois de muito convencimento, pegamos um ônibus até a metade do caminho, depois descemos e pegamos um táxi, só para chegar de carro e fingir que tínhamos dinheiro. Nos sentimos como reis descendo do automóvel na frente de um grupinho que estava no portão da festa.

Moisés desce a mão e bate com força a porta do táxi, o que faz o grupo se virar e olhar rapidamente para nós, para logo em seguida continuar a conversa animada que estavam tendo. Olham e não nos veem. A gente vai chegando com passo inseguro, tentando decidir se vamos pela esquerda ou pela direita, como vamos passar por eles e entrar na casa de Fausto. Somos três patetas. Sadao passa a mão pela nuca em desconforto, eu estufo o peito para ver se assim crio mais coragem e Moisés tem os olhos arregalados como se nunca tivesse visto aquelas pessoas antes. Fico com raiva dos dois, acho que tinham que ter mais atitude. Eu finjo e lidero o caminho. Há muitas pessoas, dançam, conversam, riem. A noite passa por nossos olhos, como se não fizéssemos parte de nada daquilo, nos encostamos na parede, segurando copos de refrigerante quente nas mãos, sem termos o que dizer um ao outro. É como se fôssemos espectadores de um programa de televisão, a vida está dissociada de nós, ninguém fala conosco, nem Fausto. Por fim, o embaraço nos vence e, decepcionados, decidimos ir embora. Chegamos sem ser vistos e partimos sem ser notados. Penso em mamãe. Só quero ir embora, mas não há mais dinheiro e temos que andar o caminho todo até em casa, onde iríamos passar a noite.

A rua está quieta, nossos passos ecoam pelo vazio da noite. O atrito com o asfalto soa como uma lixa. Vamos caminhando lado a lado com as mãos nos bolsos, até que um gato, um gato preto, salta na nossa frente e, assustados, começamos a gritar e saímos correndo para parar um quarteirão à frente com as mãos nos joelhos, arfando. Quando nos olhamos, a gargalhada toma conta dos nossos corpos, daquela rua, do fracasso da festa de Fausto. Precisamos nos amparar um no ombro do outro para não cair no chão, o ventre dói de tanto rir. Um grupo de homens, do outro lado da rua, nos observa e, gesticulando com as mãos, nos convida para que nos juntemos a eles. Querem saber o motivo da gargalhada. A gente se senta no bar, junto a eles. Moisés fica tenso novamente e vai avisando que não tem dinheiro. Ninguém tem.

Eu nunca tinha bebido antes. O convite feito por eles, convite aceito por nós. Sadao e eu sentimos a vertigem da subversão, a tentação de explorar o mundo dos adultos, dos homens de verdade. Queríamos com ganas tudo aquilo que estava sendo oferecido. Moisés, com os mesmos olhos arregalados com que entrou na festa de Fausto, sentava-se, balançando a perna, pronto para ir embora do bar. Compraram uma cerveja para nós e ficaram rindo, felizes de serem aqueles que abriam os caminhos da iniciação. Nos davam tapinhas nas costas, perguntando se a gente estava gostando. Nos chamavam de japinhas e gostaram de ver como nossos rostos ficavam vermelhos. Viramos a garrafa, nos festejaram. Queriam nos dar pinga, mas Moisés, na maturidade dos seus treze anos, achou demais e nos arrastou para a rua. É sempre bom ter um amigo sóbrio. Sadao e eu, abraçados um ao outro, voltamos cambaleando, cantando alto, fingindo estarmos mais bêbados do que estávamos de verdade. Eu nem me lembrava mais do fracasso da festa de Fausto. Estava vivo, tinha amigos.

CAPÍTULO 9 – VENTO ECOA NA ALMA

O agora é passado. Carmen saiu para fazer a feira deixando Yoji sentado na poltrona assistindo televisão. Ela gritou da porta avisando que saía, e ele resmungou como resposta. Ela também não merecia isso, o mau humor constante. É que ele tentava se lembrar do que já sabia, sofria, catava os pedaços da vida, das memórias, para conseguir voltar.

O som da língua japonesa ecoava da televisão, uma narradora explicava como se produzia um famoso *lamen*. A entonação da sua voz era muito parecida com a de sua mãe. Quanto mais velho ficava, mais as lembranças dela e de seu pai teimavam em lhe fazer companhia. No início, eram esses pequenos detalhes do cotidiano que puxavam uma memória infantil, depois eram como fantasmas que o atormentavam com culpas, ressentimentos e saudades, até que se tornaram sua companhia constante em todas as horas do dia, como se o preparassem para a morte que parecia espreitá-lo em todos os cantos escuros do seu apartamento, no pote vazio, no fundo do armário, na voz que vinha da televisão.

Tudo voltava para eles, para os pais áridos, fortes, bons. Para os pais que se sacrificavam, para os pais humilhados pelo seu japonês de camponês. Ele queria ter com eles, sentia-se como uma criança. O passado ia se pintando como uma idade mágica, onde existiam pais sem defeitos e um acolhimento que nem sempre existiu. Era assim que ele queria se lembrar. O dia era o espaço do pai, das lembranças dos seus ensinamentos, do respeito e agradecimento por ser quem era, por ter chegado onde estava. As imagens que via na televisão eram a melancolia de seu pai sob o sol a pino do Pará quando plantava pimenta, aquilo que carregava na alma, o que havia deixado de herança para Yoji.

O silêncio da existência lhe pesava, sobretudo de tarde, quando não havia nada mais a fazer. A manhã era repleta de obrigações, de consultas médicas, de netos para buscar. Depois do almoço, quando vinha a calmaria e ele ligava a televisão, seu pai voltava. Ele vinha para não deixá-lo desistir. De um lado, a depressão o seduzia para a janela, para as caixas de remédio, de outro, o exemplo do pai o mantinha enraizado na vida. Desistir deixava de ser uma opção. Olhe seu pai.

Se de dia era sugado por essas memórias paternas, nas noites frias e longas em que virava de um lado para o outro da cama, sem que remédio nenhum fosse capaz de ajudá-lo a dormir, sua mãe o visitava. Às vezes, a encontrava sentada no sofá da sala, com as mãos acariciando as coxas, balançando o corpo para frente e para trás, e ele sentia uma vontade inexorável de ir deitar-se no seu colo. No entanto, ao se aproximar dela, ela desaparecia e ele deitava no vazio, em posição fetal, abraçando uma almofada. Outras vezes, a via na cozinha preparando um chá para que ele conseguisse dormir e começava a lhe contar da vida que havia levado. Ele se sentava na mesa da cozinha e a ouvia como se fosse um menino. Ela reclamava que sustentara toda a família, que sonhava em voltar para o *Nihon* e terminava dizendo que morrera de tristeza. Discorria longamente sobre seu irmão alcoólatra a quem precisava cuidar e carregar nas noites de bebedeira, apesar do corpo pequeno e frágil. Era como uma criança de dez anos, mas passara a vida na lavoura, lavando roupa, cozinhando e acordada de madrugada envolta em problemas e dores no corpo. No dia seguinte, levantava-se e sorria.

Quando era viva, ela nunca falava sobre o que importava, repetia como uma ladainha que tudo estava bem e ele não percebia a dor na qual ela vivia. Depois de morta, lhe contava tudo. Ele se deixava estar, ouvindo suas histórias, sabia que se dissesse alguma coisa, ou tentasse se aproximar, ela desapareceria. Lembrou-se do dia em que ela veio ao seu apartamento e lhe pediu dinheiro. Chorou porque não tinha dinheiro para comida e ele nunca se perdoou por não ter percebido que seus pais passavam fome. Para ele, sua mãe havia sofrido todas as dores do mundo, das quais ele a aliviava com seus símbolos de sucesso: um casamento modelo, netos, trabalho de escritório, carro novo, a casa própria.

Quando o silêncio da madrugada se transformava em um zumbido monótono, ela, de repente, partia. Uma cor azulada então pintava o apartamento vazio, e era só quando o sol surgia e amanhecia todas as coisas que ele, enfim, dormia. O sono vinha como um vento.

O dia seguinte chegava exatamente igual ao anterior. A mesma conversa vazia com Carmen, as mesmas queixas, as mesmas dores no corpo. Ela logo arranjava algo para resolver na rua, de nada adiantava ficar lá, não havia mais o que dizer. E assim, ele se encontrava sozinho com a televisão ligada no canal a cabo japonês, na casa vazia, esperando a companhia do pai, a sua presença invisível, o vento que o viria despertar.

CAPÍTULO 10 – NO ONTEM, O CULTIVO

O passado está em construção. A idade adulta despontou aos oito anos quando, no meu aniversário, meu pai me chamou para a lavoura e, de frente a um pedaço de terra de cem metros quadrados separado por estacas e cordas, me informou que aquilo era meu. Disse que eu plantasse o que quisesse e que o que nascesse dali seria o lucro do meu trabalho, mas teria que ser paciente, o resultado só viria dali a três, quatro anos, se soubesse cultivar e cuidar. Aos doze anos, pensei que estaria rico.

Fiquei parado ao lado dele por alguns instantes, não precisava plantar pimenta-do-reino, podia plantar inhame, repolho, cenoura. Não sabia se era melhor diversificar o plantio ou ir com o certo, que era a pimenta-do-reino. Eu fazia perguntas em voz alta, que percebi serem retóricas porque meu pai, propositalmente, não me dava respostas, queria me fazer pensar por mim mesmo.

Levanto o rosto em sua direção, mas ele continua olhando para a frente, mirando o meu terreno com ambas as mãos na cintura e balançando a cabeça afirmativamente, como se visse o futuro. Insisto em perguntar a sua opinião, ele finalmente vira-se para mim e, passando a mão sobre a minha cabeça, me diz que confia na minha decisão e vai-se embora. Permaneço no mesmo lugar por mais alguns minutos e, sem me dar conta, imito a postura de meu pai, com as mãos na cintura, o peito estufado e a cabeça erguida, olho para o meu pedaço de terra e vislumbro o futuro.

Cauteloso, decido usar metade do meu terreno para plantar pimenta-do-reino e a outra para produzir hortaliças variadas e vender na colônia. A ideia de ficar rico tira meu sono e me entusiasma. Apesar do cansaço em preparar o meu terreno, plantar, ir à escola e ajudar minha mãe e meu pai, ao anoitecer deito na cama que divido com Mamoro e não consigo dormir.

Imagino que em pouco tempo, tudo aquilo que plantava estava crescido e pronto para colheita, vendo tudo a preços ótimos, compro mais e mais terrenos e logo sou como meu tio, dono de uma geladeira. Fico tão animado que chego a me sentar na cama de palha e gesticular para mim mesmo, quando começo a falar em voz alta, acreditando que a força das palavras faria tudo aquilo realmente acontecer, Mamoro me tira do transe me dando um soco na lateral do corpo e me manda calar a boca e ir dormir. Dentro de mim, o mando para o inferno e prometo nunca lhe dar um tostão. No entanto, logo em seguida percebo a luz da lua iluminando o nosso quarto pelas frestas das madeiras e me acalmo, adormecendo com a certeza de que seria um homem muito rico.

Por pouco mais de três anos, cultivei e cuidei da minha plantação com esmero e dedicação, passando dias em êxtase ao ver as primeiras plantas crescerem e dias de agonia quando verificava que algumas morriam, ou quando faltava chuva, fazia muito sol, ou ainda uma praga aparecia. Cultivar o solo dependia de muitas variáveis que não podia controlar e me sentia frustrado. Sentado no meio do meu terreno, chegava a chorar e pensava que Mamoro tinha razão, que eu era um *bacá*, um idiota, por levar tudo aquilo tão a sério. Quando finalmente pude fazer minha primeira colheita, ele já não morava mais conosco, havia pego uma avião e ido para São Paulo, sofrer nas mãos de tio Nakamura. Nunca viu meu triunfo.

Pois tudo o que plantei, cuidei e cultivei nasceu, cresceu e foi colhido, gerando frutos ao meu trabalho árduo e dedicado. O trabalho recompensava. Fui tomado de uma enorme estima de mim mesmo, andei orgulhoso, recebi felicitações de todos e vi nos olhos do meu pai a vaidade de ter um filho trabalhador como eu. Esse sentimento me inflou, me engrandeceu, e a semente desse amor-próprio me alimentou em muitos momentos ao longo da vida. Soube do que era capaz.

Era avarento, não queria gastar um centavo do que ganhava. Contava meu dinheiro todos os dias pelo prazer de passar de uma mão à outra aquelas cédulas de dinheiro, que eram o meu trabalho, minha paciência, meu suor, meu orgulho. O barulho das notas sendo contadas me preenchia de felicidade, fingia ser um grande comerciante. Depois era tudo guardado de volta dentro do meu cofre, uma caixa de metal já um pouco enferrujada que deixava sob a esteira de palha onde antes dormia com Mamoro e que, com sua partida, havia se tornado finalmente só minha. Meu maior medo era um dia ir contar meu dinheiro e ele não estar mais lá.

A única compra que me permiti com o dinheiro da venda dessa primeira colheita foi um creme *Ponds* para minha mãe.

Apertando o dinheiro no meu punho que mantenho dentro do bolso, ando cinco quilômetros da minha casa até o centro da cooperativa, porque minha bicicleta está quebrada há duas semanas. O sol forte me faz pensar que depois de comprar o creme, tomarei um refresco e só.

Entro na venda, procurando um presente, algo especial. A moça da venda vem me atender e me ajudar a escolher, ela olha bem para mim, tentando decifrar quanto dinheiro devo ter, não quer me oferecer algo que não posso pagar, me olha com dó. Mostro para ela quanto tenho, abrindo o punho. Ela então me oferece algo magnífico: um creme *Ponds*. Não precisa dizer muito para me convencer, mas ela me diz que é o sonho de todas as mulheres da região, que deixa a pele perfumada e macia. Fico surpreso comigo mesmo, pois apesar de achar caro, não penso duas vezes em comprá-lo. A garota da venda sorri quando digo que é um presente para minha mãe e que pago com o meu próprio dinheiro. Saio da venda nadando em orgulho e contentamento. Com o creme dentro de uma sacola plástica cinza que penduro no braço, coloco as mãos na cintura e olho a vila, como um homem grande que compra presentes para uma mulher. Sorrio, sorrio muito e sinto o sol iluminar o meu rosto sob um clarão amarelo. Volto caminhando tranquilamente, pensando só em ir ter com a minha mãe.

Ela está sentada na mesa que *Otosan* colocou do lado de fora, perto da porta da cozinha, descascando legumes. Chamo-a e aceno desde que faço a curva da estrada e ela pode me ver. Ela ergue o rosto e sorri, levantando a mão direita que segura uma faca. Coloco a sacola atrás das costas e venho andando, fico olhando-a com ar de mistério faceiro, esperando ela me perguntar o que escondo. Quero fazê-la adivinhar, ela tenta duas, três vezes: mandioca, gelo, legumes da minha horta... Ah...O prazer inefável de esticar com ambas as mãos aquele pote de *Ponds*. Eu só precisava daquele instante em que seu olhar doce e emocionado viu aquele pote branco e pequeno e suas mãos o seguraram como se fosse um frágil ovo que ela resgatara. Depois de se curvar em agradecimento, ela afaga rapidamente o meu rosto com suas mãos ásperas e o dia está ganho.

A partir de então, sempre comprava um potinho de creme *Ponds* para ela quando podia ou quando percebia que o dela já estava por terminar. De tempos em tempos, eu ia mexer nas suas coisas sorrateiramente para ver o quanto de creme ainda tinha, mas o pote dela durava, porque ela usava com parcimônia, nos momentos em que precisava se fazer um prazer. Acho que a minha satisfação em lhe dar um *Ponds* sempre foi maior que a dela em o receber. Era o nosso pequeno prazer compartilhado.

O pote de *Ponds* foi o único presente que existiu na minha família. Não se festejavam aniversários, nem mesmo se lembravam deles. Não se festejava nada além do aniversário do Imperador, quando orávamos pedindo-lhe vida longa e tínhamos um almoço especial, quando se matava uma galinha, nos livrando do pirarucu por um dia. Aniversário, natal, ano-novo, dia das mães, tudo isso para mim era invenção de paulista. A vida era feita de trabalho e não de celebrações. Vivíamos sem consciência na pobreza.

O destino parece evidente. Essa é a minha realidade, terminada a escola primária, vou cultivar meu pedaço de terra. Com o sucesso da minha primeira colheita, tudo está decidido e claro. No entanto, *Otosan* me chama para conversar sentado ao lado da minha plantação. Ele traz consigo duas garrafas de refrigerante geladas, será uma conversa especial. Aguardo ansioso que ele diga as primeiras palavras, ele ainda não havia me felicitado pela minha primeira venda, não havia dito nada. Havia era me olhado com orgulho e batido nas minhas costas como sinal de aprovação, mas as palavras não vieram, e eu as queria mais que tudo.

Nos sentamos no canto da horta, na sombra de uma árvore. Fico observando os movimentos do meu pai, esperando suas palavras.

Ele retira do bolso um abridor e, com um movimento preciso, abre as duas garrafas de refrigerante e me estica uma. Ele olha a minha plantação e toma um longo gole, soltando um arroto logo em seguida. Eu o imito. As palavras que espero não vêm e ele começa a divagar sobre as dificuldades da vida na lavoura. Faço círculos com os pés na terra, olhando o desenho que vai se formando. Olho para as mãos de *Otosan* que seguram a garrafa, suas unhas são grossas que nem garras. Ele então fala da coragem de Mamoro, que partira para São Paulo. De tudo o que poderia falar, falava de Mamoro! De sua coragem, da admiração pelo filho mais velho! Fui sentindo meu peito ser tomado pelo fel e pela raiva. Amava Mamoro, mas queria que *Otosan* me amasse também, me admirasse, que falasse sobre mim. Não entendo suas palavras, estou me afogando em sentimentos. Ele me faz uma pergunta e aguarda uma resposta. Eu não tenho ouvidos para nada. Ele insiste, eu não entendo. Ele repete a pergunta: *Quer ir para São Paulo, estudar, ter uma profissão, tentar a vida fora da colônia como Mamoro, ou ficar aqui, se casar, plantar pimenta-do-reino?*

Depois, foram as palavras que fugiram de mim. Fico mudo, atônito, afônico. Não tenho uma resposta. Olho para ele, e ele enfim me olha de volta. *Otosan* dessa vez não me deixa sozinho com meus pensamentos, dizendo que confia na minha decisão. Ele sabe que isso é algo muito grande. Ainda não me dá respostas, mas me ajuda a ponderar. Diz um tanto de coisas boas e ruins de ambas as escolhas. Ficamos em silêncio por um bom tempo, sentados um ao lado do outro. Ouço o refrigerante descer pela sua garganta, tomo um gole também, mas não me refresco. Parece que o calor aumentou. Continuo de cabeça baixa, ora olhando o chão, ora as mãos de meu pai. Sinto escorrer uma lágrima do canto do olho e me apresso para enxugá-la com o dorso da mão. Não sei por que choro, quero parar de chorar, mas as lágrimas continuam a seguir seu rumo, tento disfarçar. Meu pai percebe, mas não diz nada, não põe a mão no meu ombro nem tenta me acalentar. Sua generosidade, seu afeto, é me deixar chorar ao seu lado, no silêncio, com os ombros soluçando. Finalmente, ergo a cabeça e pergunto se fico mais rico indo ou ficando, ele responde: *indo*. E eu vou.

CAPÍTULO 11 – ESSE CÉU BREU NOTURNO

O agora é passado. O momento da colheita já passou e é época de estiagem. Viver e morrer parecem consequências do que se construiu. Yoji sente o peito apertar, o suor aterrorizante escorre como um rio selvagem, logo sua camiseta está encharcada de pânico. O calor veio como uma onda sem aviso, deixando a cabeça pesada, a sensação de desmaio. Ele estava sentado na poltrona, pronto para levantar, mas precisou permanecer no lugar. Sua pressão era alta, a ideia da morte logo tomou conta dele por inteiro. Vai respirando fundo, vai repetindo o exercício que Carmen havia ensinado. Tenta acalmar o seu cavalo indomável. Cria confiança e, apertando os dedos no braço da poltrona, se levanta bem devagar, tem a impressão que se desfaz, que o corpo dissolve com o suor. Está empapado.

Liga o chuveiro gelado, lembrando-se do amigo que morreu há alguns meses. José sentiu uma coceira generalizada no corpo e logo depois teve um infarto, ainda conseguiram socorrê-lo, mas não aguentou e se foi. Agora, Yoji estava cheio de histórias como essa ao seu redor, os amigos caíam um a um como num campo de batalha. Não demoraria muito para ele se transformar definitivamente no seu pai, que, no final da vida, lia os obituários dos jornais todas as manhãs à procura de nomes conhecidos.

Ao olhar a água que caía, teve medo, muito medo, de morrer pelado, de ser encontrado assim. Achava humilhante, não sabia bem por quê. Não queria que o vissem por inteiro. Por que se preocupar com algo que acontece depois que se morre? Sentou-se no vaso sanitário, tentando decidir se afinal iria se despir ou não. O som do jato nervoso saindo do chuveiro confundia ainda mais seu pensamento. A água aquecida já se transformava em vapor. Lembrou-se da história do gelo que virava ar e sorriu. No meio do nevoeiro, pensou: *Que se dane!* E tirou a roupa molhada.

Debaixo do chuveiro, ele respirou fundo, deixando a água escorrer. O banho bem quente era o prazer da velhice. Não tinha um *ofurô* como Mariko, mas comprara um banquinho de plástico que deixava dentro do box para poder ficar sentado, para a água massagear seus ombros. Agora, não sabia bem por quê, mas tinha certeza de que não iria mais morrer pelado. Já se sentia um pouco melhor. Foi consentindo que tudo fosse escorrendo.

Ao contrário do pai, que não tinha medo da morte e queria morrer para encontrar todos os seus conhecidos novamente, Yoji tinha medo, pavor. Fazia tempo que sua saúde se deteriorava: pressão alta, problemas cardíacos, diabetes, depressão. Quando sentiu o coração bater apressado e o suor se intensificar, pensou que iria sucumbir, mas aquela não havia sido a primeira vez.

Ao sair do banho, vestiu-se. Definitivamente, não seria encontrado nu. No quarto, abriu a gaveta da cômoda e pegou o Rivotril, ingerindo-o sem água em um gole seco. Respirando, foi sentindo o terror se esvair. Às vezes, quando olhava a janela e pensava em se jogar, corria para fechá-la e sentava-se na sua poltrona olhando o porta-retratos com a foto dos netos. De noite, sua mãe o velava para que não fizesse nada que não pudesse desfazer.

Quando dorme, tem pesadelos. O mais recorrente é aquele em que chega em casa e encontra todos os seus mortos sentados à mesa de jantar, alegremente compartilhando a refeição. Eles percebem sua chegada e o convidam para se sentar com eles, puxando uma cadeira, colocando mais um prato na mesa. Ele se apavora, tem certeza de que se aceitar o convite, não acordará para ver a manhã seguinte. Por isso, recusa, mas eles continuam a insistir. Seu pai aparece e diz que ele não pode fazer essa desfeita, mas ele ainda resiste, nem a autoridade paterna o convence. Mas eis que aparece sua mãe. Cuidadosa, carinhosa, aquela mãe que apareceu para resgatá-lo da casa do tio Nakamura. Ela vem pequenininha como uma criança, frágil, mas sorrindo, sorrindo muito, com uma tigela de sopa de *udon*[15] nas mãos. O *udon* está lindo, assim como ela costumava cozinhar. Um vapor branco sai da tigela e se esvai no ar, trazendo um odor de tempos imemoriais. Ele fica tentado pelo carinho que emana da mãe. Pega a tigela esticada das suas mãos, mas não se senta à mesa. A mãe lhe dá as costas e vai para a cozinha, ele fica ali parado olhando todos aqueles convivas que continuam gesticulando para que ele se sente. De repente, a tigela queima-lhe as mãos e ele a derruba. Ela vai caindo em câmera lenta, por fim, se estilhaçando. Ele acorda assustado. Sobrevivera mais uma noite.

Sentado na beira da cama, passando as mãos pelo crânio calvo, ele movimenta o pescoço de um lado para o outro na tentativa de relaxar os músculos trapézio tão rígidos, considera colocar um emplasto. O medo de morrer só existe para aqueles que não terminaram de viver ou não consideram que viveram bem. No caso dele, eram ambos os casos. Ele ainda ansiava por um significado, por uma descoberta, uma aceitação. Ele buscava uma existência

---

15 Sopa japonesa feita com macarrão grosso de farinha de trigo.

tranquila, ele queria era ver a beleza na passagem do tempo, como tudo cresce e deteriora, e encontrar tranquilidade no processo. Ter a elegância refinada da idade.

Quando amanhece, e o sol finalmente desponta, ele decide limpar o seu apartamento, começando pelo escritório. Com o pensamento fixo de que a morte o espreita, ele vai jogar fora documentos velhos, papéis guardados sem motivo, objetos que juntam poeira e nada mais. Não quer dar trabalho para os que ficarem, não quer deixar segredos guardados para serem revelados depois da morte, seria como morrer nu. Começa às oito da manhã, depois de tomar uma xícara de café. Às dez, já não pode mais, se cansou, acha que vai deixar os segredos virem à tona, já estará morto de qualquer maneira. O nariz coça e ele passa a espirrar sem parar. Desolado, olha as pilhas de papéis esparramados pelo chão, há a categoria do descarte, dos importantes, dos que tem dúvida e dos sentimentais.

Cartas e desenhos dos filhos, tarefas da escola que guardara, cartões de dia dos pais, desbotados e amarelados, não pode deitar tudo aquilo fora. Cartas de amor e bilhetinhos sentimentais ele coloca na pilha da dúvida. Deveria se desfazer, porque não são todos de Mariko ou de Carmen. Olhando tudo aquilo, ele conclui que viveu. Achou fotografias de gente viva e de gente morta, sentiu saudades. No final da manhã, a pilha dos papéis para guardar era enorme e quase não havia do que se desfazer. Ele pensava que se aquilo estava guardado até hoje é porque tinha algum valor. Tinha fracassado na sua missão. Reuniu tudo, colocando tudo de volta nos armários, sem jogar quase nada. Havia começado pelo mais difícil... as roupas e objetos eram mais simples de se desfazer, não carregavam memórias para ele, ele não havia escolhido nenhum daqueles cacarecos que decoravam a sua casa, eram todos de Carmen.

Pensando na sua derrota, decidiu que já que não era capaz de se desfazer de nenhuma carta, documento, desenho ou fotografia e prometeu que, pelo menos dali para frente, não acumularia mais nada. Aquilo que recebesse seria apreciado no momento presente e depois iria direto para a lixeira do esquecimento, tendo cumprido a sua razão de ser. Ele precisava aprender a se enraizar nas sensações e nos sentimentos e deixar partir o palpável, aprender a ancorar os momentos de alegria ali, no momento. A beleza estava nas grandes e nas pequenas coisas condenadas a morrer, que moram no instante presente e plantam o infinito na alma. Por um instante, ele não teve medo da morte.

CAPÍTULO 12 – FEBRE TERÇÃ, GOTEJA

O passado está em construção. Eu quase morri duas vezes, talvez mais, mas certeza, certeza, foram duas. A primeira vez tinha eu nove anos. Acordo no calor do Pará, com mais calor do que de costume, suando em bicas, o corpo todo treme, a cabeça explode numa dor pungente, vou perdendo a consciência. A decisão de me levar para Belém é tomada, meus pais tentam anular a minha sentença de morte. Na cooperativa, só tem um farmacêutico, ele dá o veredito: malária, sem sombra de dúvida.

Sou colocado no barco com meu pai, vamos pegar o igarapé e enfrentar doze horas no rio, é a única esperança que me resta. Minha mãe, vejo na beira do rio, chorando, com um lenço de pano apertado no punho, acho que ela tenta guardar a última imagem do filho. O motor é ligado, é o guizo da minha ventura. Apesar do desassossego da minha mãe, vou sobreviver, mas disso ainda não sei. Vou sentado naquele barco, escorando o corpo onde conseguia. Meu pai não mente, é incapaz de me dizer que vai ficar tudo bem, eu queria que ele mentisse, pelo menos uma vez. Procuro com o meu olhar no rosto dele o alento, o remédio, mas não encontro. Ele está sério, com as feições endurecidas, sulcos na testa, aflito e ensimesmado. Sinto que ele me ama e isso me conforta, mesmo no medo. Ele não reza, contudo parece rezar, olha constantemente o relógio de pulso, que é uma das poucas posses que tem. O tempo não vai passar.

Nauseabundo, vou vomitando. É como se deixasse meu corpo pelo caminho, pelas águas calmas do rio. Vou me desfazendo em pedaços minúsculos, em ácido, em um odor asqueroso, abandonando-me. Fecho os olhos e vejo clarões elétricos e depois vaga-lumes por todos os lados, abro os olhos e eles ainda estão à minha volta, pergunto para o meu pai se ele também os vê, ele diz que não. São tão lindos, se não fossem tão assustadores. Se me sentisse bem, iria pular e tentar pegá-los com ambas as mãos em formato de conchas e colocá-los dentro de um pote de vidro, mas doente, me contento em olhá-los, sem saber que minha retina sangrava. A malária tomava conta do meu pequeno corpo.

Não demora muito para que um calor como nenhum outro tome conta de mim e me deixe mole, mole, molinho, para logo em seguida sentir frio, muito frio. Cada parte do meu corpo vai adormecendo, uma por uma. Até que tudo fica escuro e ouço uma voz que me fala para desistir e descansar. Todavia, logo vem outra que se sobrepõe e diz que não, que eu não desista, que eu que aguente firme. Eu fico confuso, sem saber qual escutar, quero viver, mas estou muito cansado. De repente, ouço a voz do meu pai repetindo meu nome num tom que desconhecia. Era o tom do desespero. Preciso confortá-lo, por isso abro os olhos e me encontro no seu colo, no chão da embarcação. Ele diz que estamos chegando, que eu preciso aguentar, que eu preciso ficar com ele.

Essa era a voz que se sobrepunha, que me chamava à vida. Naquele momento, eu o amei como nunca havia amado nada e ninguém. Ele me olhava nos olhos e me amava. Eu tinha nove anos e meu pai me amava.

Depois, não me lembro de quase mais nada. Passo dias no hospital de Belém, me curo e volto para a cooperativa. Meu pai me compra uma roupa nova para eu rever minha mãe. Ele queria que eu estivesse bem bonito para ela, para disfarçar o abatimento. Fico ainda mais feliz, nunca tenho nada novo. A quase morte me trouxe o amor, meu pai passa a mão nos meus cabelos como se eu tivesse vencido uma batalha. A partir de então, queria quase morrer, mas viver: assim, desse jeitinho, todos os dias. O olhar do meu pai era outro, meu olhar era outro. A viagem de volta foi sem vaga-lumes e clarões, minha retina estava salva. Observei o rio, a mata, os animais e meu pai.

Na proa, *Otosan* olhava o horizonte, o vento colava a camisa branca no seu peito forte de agricultor, tinha os cabelos negros ao vento e seus braços musculosos seguravam a embarcação. Ele pensava e era belo. Devia se perguntar o que fazia ali, no meio daquele mato, criando filhos à mercê de doenças tropicais, enquanto isso o Japão, tão longe. Ao olhar sua imagem, penso que ele me ama e que quero ficar ao seu lado, que vivo, vivo.

Minha mãe, então, aparece como um pontinho longe na beira do rio. Ela me espera há horas, há dias, há noites. Plantada no pequeno cais, ela começa a acenar com um lenço, está chorando, como era de se esperar. Ela chora por tudo, por tudo mesmo, pela sua vida e pela vida dos seus filhos. O choro é alívio para as dores, para seu corpo cansado. Pela primeira vez, me dou conta de que ela parece uma criança, de tão pequena. Tenho vontade de carregá-la, mas temos o mesmo tamanho, e, bem no fundo, quero é me deixar descansar nesse seu colo pequeno. A gente bem que poderia se carregar, assim, um ao outro, pelas veredas. Nós nos amamos com essa potência e gentileza.

Nesse dia, ela esquece que é japonesa e me abraça forte assim que desço da embarcação. Beija meu rosto repetidamente, segurando-o entre suas mãos. Depois, se distancia um pouco para ver como estou, percebe as roupas novas e sorri para meu pai. E logo chora de novo, chora tanto que vira as costas e sai correndo para continuar a chorar escondida, me deixando no cais ao lado de meu pai. Minha mãe era assim, preferia chorar escondida, achando que ninguém sabia que ela sofria. *Otosan* me traz de volta ao tocar meu ombro. Ele me guia em direção à casa, vou atravessando a vila que me acolhe e festeja a minha volta. Todos estão aliviados, cada um que volta, que vence a malária, é a esperança dos outros quando a doença volta a atacar. Chamam meu nome, batem palmas, dão graças a Deus. Sou amado.

Nos restos de infância, vi o amor de *Otosan* só mais uma vez. Ele tinha acabado de me bater.

Eu fico no canto da cozinha, sem saber exatamente o motivo da surra. *Otosan* não conversava, batia direto. Não sinto raiva, aceito, mas tenho pavor da dor que sinto quando ele desce a mão sobre mim. Assim que ele vira as costas, saio correndo. Atravesso a porta e as pernas continuam a caminhar sozinhas até que o mato esteja alto o suficiente para me esconder, já está anoitecendo. Fico perto de uma árvore, agachado, vendo as luzes que se acendem na vila bem ao longe, ouvindo os barulhos dos animais. Os sons da mata de noite e no sozinho dão medo. Meu coração dá um salto quando ouço a voz do meu pai me chamando, ouço, então, a voz da minha mãe e dos meus irmãos e meu nome a ecoar. Fico com mais medo, penso que vou levar mais porrada, por isso, me encolho, tentando silenciar minha respiração. Depois de um tempo, a voz do meu pai fica diferente, não tem mais raiva, tem medo também. Ela oscila, entrecortada. Ele está apavorado, apontando a lanterna para o mato e me ama. Não me mostro, porque ainda duvido, porque o corpo ainda dói e se lembra da surra.

O cansaço me vence e adormeço ao pé da árvore. O sol da manhã me acorda e é preciso voltar para casa. Venho silencioso e sujo, *Okasan* está acordada de mãos dadas com *Otosan* na mesa da cozinha. Paro na soleira da porta, eles me olham. *Otosan* respira fundo, se levanta e vem ao meu encontro sem pronunciar nenhuma palavra. Ao passar por mim, ele levanta a mão, eu me encolho, esperando o golpe, mas ele não bate, ele passa a mão na minha cabeça e me faz um carinho. *Otosan* pode ir trabalhar tranquilo.

Okasan, com os olhos marejados, me pede para nunca mais fazer isso, que eu deveria ter pena dela, pois ela tinha muitos problemas e o que eu havia feito só lhe causara mais sofrimento. Sinto-me o último dos seres humanos, o mais vil de todos. Peço perdão, mil perdões. Ela sorri e estou perdoado, e sou amado duplamente, porque faço falta. O amor é a falta.

CAPÍTULO 13 – VENTO DISSIPA NUVENS

O agora é passado. Seu pai era assim, seco como a vida que levava, mas como havia mudado! Ao atravessar o tempo e se tornar *Ojii-chan*, pareceu mudar completamente de personalidade. Quando Yoji o via com os netos, pensava que não poderia ser o mesmo homem que o havia criado. A velhice o havia tornado em um homem amável, e a chegada dos netos foi o evento que faltava para que ele se transformasse de vez. Os netos, ele abraçava, beijava, olhava nos olhos, assim como havia feito naquele dia, no meio do igarapé, quando a malária tomava seu corpo de menino. Depois, só o olhar da volta da fuga e nunca mais, seguiu sendo o pai forte, exemplo de trabalhador, sem tempo para a ternura. Tinham que voltar a viver.

A velhice era tempo de ser humano. E pensando no seu pai, Yoji percebia em si a mesma mudança. Aos setenta e quatro anos, escolhia sua maneira de ser pessoa. Após a tentativa frustrada de limpar sua papelada, precisava escolher um novo estilo de vida para aqueles derradeiros anos. A lembrança de seus pais tomava sua alma, abrindo uma brecha emocional no tempo, onde escondia uma ideia possível de eternidade. Continuaria a seguir os seus passos? Era talvez a sua maneira de fugir da neurose do domingo que agora não tinha mais dia da semana para aparecer. Precisava dar conta do vazio que ele precisava preencher ou, simplesmente, aceitar. O envelhecimento mudava o aspecto de tudo.

Quando jovem, em vez de se deixar tocar pela delicadeza da imagem de seu pai brincando com seus filhos, ele sentia raiva. Ele tinha ficado com a pior parte, a parte desalmada do pai, e seus filhos, que sempre tiveram tudo, ainda tinham o bem-querer, o toque, o sorriso de orgulho, a atenção preciosa, as palavras de encorajamento do velho pai. Tentava racionalizar e se afastar desse sentimento inútil de autopiedade, e entender a vida do pai. Agora, na sua própria velhice, finalmente o perdoava e mergulhava na sua própria alma, sendo sua imagem e semelhança. Ele também era só ternura com os netos, quando os via, era orgulho e afeto. Quando não os via, pensava neles e ressentia-se de que eles não o procurassem. Havia se tornado um velho carente. Seria isso mesmo? O final da vida? A falta? Ainda a mesma falta?

Mandava mensagens e memes pelo celular e muitas vezes não tinha resposta. Tentava se conectar com a sua nova geração, mas seu senso de humor não era compatível com os deles, nem mesmo seus interesses. Uma das únicas vezes que obteve uma resposta expressa foi quando, por acidente, mandou fotos de uma mulher nua para os netos pensando que mandava para amigos. Momento memorável na família e assunto para quando os netos queriam gozar o avô. Ele levava na brincadeira.

Era no meio da tarde vazia que ele sentia mais essa falta, quando achava que iria morrer, quando fechava as janelas. Era a falta do antes e do depois que o mantinha vivo. O antes o mantinha vivo pelo exemplo, o depois, pelo afeto.

Seu celular estava vazio de mensagens, mas lhe propunha lembranças em forma de fotos, em apresentações musicais que o emocionavam. Não sabia como o tal aparelho sabia o nome das pessoas e lhe fornecia aqueles pequenos vídeos, mas nada disso importava. Ainda bem que aquela bruxaria existia. Eram os registros das poucas vezes ao ano em que se encontravam, nas datas comemorativas, nos aniversários, natais e apresentações musicais. E era sempre bom, mas pouco.

Se fazia perguntas. Quem sabe não teria sido um bom pai? Isso explicaria em certa medida essas tardes vazias. Teve filhos como tiveram todos à sua volta. Emocionou-se ao segurar pela primeira vez cada um deles, mas o trabalho seguiu, a vida seguiu e ele foi o pai provedor e ausente. Dava-lhe tristeza quando sabia que tinha amigos que não falavam mais com os próprios filhos, que uma briga havia sido a briga final. Família era família, era difícil entender que se podia fazer parte de uma por acidente e que ninguém era obrigado a ficar. Depois, se lembrava da briga com Mamoro e entendia que sim. Todavia, com seus filhos e netos, não. Eles teriam que o aguentar fosse como fosse, pois a cada vez que o celular lhe apresentava uma lembrança, ele se agarrava a eles como à própria vida, era o vento dissipando as nuvens. Estava vazio nas tardes, mas eles estavam todos lá, em algum lugar, a um telefonema de distância. Ainda assim ele não ligava, ficava aguardando que o telefone tocasse, que uma mensagem aparecesse. Será que a falta era só dele? Só nele?

CAPÍTULO 14 – BREVE FELICIDADE

O passado está em construção. Era o meu aniversário e eu nem sabia, eu não sei o dia certo do meu aniversário, porque não fui registrado na data exata, e com o tempo nem meus pais sabiam dizer. Para que eu fosse mais da minha mãe do que poderia ser, como a estreitar nossas relações, ela pediu ao meu pai que colocasse o meu nascimento no mesmo dia que o dela naquele papel que afirmava que eu existia. Assim, a gente ficou envelhecendo sempre juntos. Era só isso, ver o tempo que andava a passos lentos para mim e correndo para ela, muitas vezes até esquecendo qual era o dia escrito no documento, porque nunca havia celebração, nem bolo, nem presentes ou abraços.

Não era uma infância de comemorações, mas havia a felicidade, uma indelicada e breve felicidade. O ano passava, sem natal, páscoa ou qualquer uma dessas datas que nada tinham a ver com nossas crenças, datas que a gente nem sabia que existiam e que hoje são os poucos momentos no ano em que o vazio se preenche com netos e filhos.

Só existia o ano-novo com a sua esperança triste. A data que marcava o passar do tempo.

Bem de manhãzinha, no último dia do ano, *Otosan* acorda e nos dá um café da manhã bem reforçado. É o dia da limpeza, de limpar cada canto da casa, as roupas, o corpo. O ano-novo não poderia nos encontrar na sujeira e na bagunça, ou tudo daria errado. *Okasan* vai apontando as tarefas e coordenando meus irmãos, eu e meu pai. Era o dia em que ela nos dava ordens e inspecionava todos os resultados, verificando se correspondiam às suas expectativas. A gente limpava com empenho e diligência, na importância de ser parte, de ter responsabilidade individual e coletiva, para fazer com que a sorte nos encontrasse no ano seguinte.

A casa é pequena, então não dá muito trabalho, mas precisamos capinar o quintal e limpar a fossa. Ninguém quer limpar a fossa, é o trabalho mais triste que existe, então meu pai é quem assume a tarefa e essa é sua demonstração de amor por nós, porque vejo que ele sofre. Ele não quer a sua família limpando fossa, então coloca um pano na cabeça, outro no rosto como uma máscara e a pior roupa que tem. Calça botas de borracha, pega a pá e o carrinho. Eu tenho dó, mas sou também egoísta e não me voluntario. Fico olhando de longe, evitando o vento que traz o cheiro de tudo aquilo que não servia, de tudo aquilo que havia sido expelido das nossas entranhas. Os excrementos, ele coloca em um balde e depois no carrinho, leva para a horta e usa como adubo e como alimento para os animais.

O costume ele nunca pegou, limpava as fossas com certa frequência, não só no dia 31, mas seu corpo sempre reagia. Eu via o estômago dele dar um nó e o corpo dele fazer como se fosse vomitar. O ventre involuntariamente se contraía em espasmos que ele tentava controlar. E eu o amava por isso.

Quando está no meio da limpeza, grita para que eu busque água no poço e vá enchendo o *ofurô* que ele tinha construído no fundo do quintal. Isso leva um tempo, eu vou e volto várias vezes do poço com baldes que vão derramando água no caminho, eu quero fazer com agilidade e competência. Dentro do meu peito, sinto pulsar a vida, meu corpo sua, as pernas cambaleiam e, na minha cabeça, só um pensamento se repete: preparar o banho perfeito para *Otosan*. Vou trazendo os baldes de água e aquecendo no fogão a lenha. Fico impaciente querendo que a natureza seja mais rápida e que a água se aqueça em menos tempo. Vou enchendo o *ofurô*, que não passa de uma tina feita de restos de madeira. Corro para buscar o sabonete em barra e a esponja que *Okasan* tinha comprado para o ano-novo, e pego a cumbuca para ele poder jogar água nas costas e na cabeça. Deixo tudo organizado, quero que ele se sinta como um imperador. Depois de limpar a fossa, acho mais do que merecido.

Ele já chega nu, com os olhos caídos e cansados, seu corpo é um grande músculo. A pele é escura, ele parece de *Okinawa*, mas não é, é um colono japonês do norte do Brasil. Agradece com um movimento de cabeça e entra na tina. Ainda vigoroso, vai esfregando os braços com força, como se estivesse descamando a pele para fazer nascer outra. Fica vermelho de tanto esfregar. Eu fico olhando de longe, debaixo da árvore, pensando que ele é um grande homem. Depois de tanto se esfregar, ele se deixa ficar dentro da água, fecha os olhos e relaxa o corpo. Solta um suspiro longo e profundo que me traz felicidade. Aí, minha *Okasan* me chama, eu tenho mais tarefas me esperando.

Era a hora de ajudar a preparar o *mochi*[16]. O arroz já estava cozi-

---

16 Bolinho de arroz glutinoso.

nhado e agora eu precisava colocar no pilão e começar a sovar, ia revezando com meus irmãos. *Otosan* chega, toma o socador e termina com muito mais eficiência, ele já estava todo suado de novo. Depois disso, *Okasan* o modela como uma bolinha e ele finalmente fica pronto. Juntos o colocamos no altar com cuidado e ficamos lado a lado observando o fruto daquele trabalho em conjunto com orgulho e esperança. Tudo isso para trazer felicidade, essa indelicada felicidade. O *mochi* branco deixado no altar era a nossa garantia de renascimento.

No final, era a prostração. Nos restava comer um porco que havia sido morto na véspera e preparado por *Okasan* e dormir, o *shougatsu*[17] havia terminado. Eu me deito no meu colchão de palha, olhando pelas frestas das tábuas de madeira a luz da lua, e faço planos para a vida que recomeça, peço para que meu pai não precise mais limpar fossa e que eu fique rico que nem meu tio, e durmo sem sonhar.

Na manhã do primeiro dia do ano, ansioso, eu começo a chamar meus irmãos e primos, ficamos todos em frente a minha casa a dar pulinhos. Acordamos mais cedo que o costume. Quando *Okasan* autoriza, saímos correndo para receber o *otoshidama*[18]. Vamos passando de casa em casa, coletando envelopes com dinheiro dentro. Somos muito organizados, ficamos em fila, e pegamos cada envelope com as duas mãos e agradecemos fazendo uma reverência. Assim que saíamos da fila, corríamos até a porta da próxima casa. Os adultos ficam nos esperando com grandes sorrisos nos rostos. O ano-novo é bom demais. Vou correndo, preocupado em não derru-

17 Ano-novo japonês.

18 Presente em dinheiro dado às crianças no ano novo.

bar e perder nenhum daqueles envelopes. Esperava com ansiedade chegar na casa do meu tio, ele sempre dava o dobro do valor dos outros para mostrar poder e generosidade. E no primeiro dia do ano, também nos dava um copo de água com gelo quando chegávamos lá. Era refrescância e riqueza. O melhor dia do ano.

Chegando em casa, rasgava os envelopes e contava e recontava o dinheiro, ia juntando com o que eu já tinha guardado. Eu me lembrava do meu pai negociando pimenta para depois comprar brinquedos, comida, roupas e coisas boas para nós. Eu aprendia que o dinheiro comprava coisas. *Okasan* me via contar aquelas notas com cuidado e me dizia que eu seria rico porque eu sabia cuidar do meu dinheiro, e que o meu amor por ele seria correspondido. Eu chegava até a emprestar um pouco para *Okasan* e vivia de orgulho depois.

Nossa outra celebração era só em abril, o aniversário do imperador Hirohito. Eu nem o conhecia, nem foto tinha visto, mas era como festejar o Natal, o nascimento de alguém tão distante de você. Não penso muito a respeito, fico só feliz, porque a comida nesse dia é muito boa. Tinha galinhada, farinha, pirarucu, *gohan*[19], verdura e até sushi com os peixes de lá. Todo mundo está feliz e orgulhoso. A guerra já era passado e ninguém mais mencionava o fato do imperador ter dito que não era divino, ele continuava sendo para nós, escolhiam ignorar o discurso ignóbil que ele fora obrigado a proclamar. Somos japoneses.

Nesse dia não tem dinheiro, mas tem comida boa e orgulho. O que importa é sentar na mesa com *Otosan*, *Okasan*, Mamoro e

---

19 Arroz japonês.

Hiroshi e ouvir histórias do Japão. Poder imaginar essa terra tão longe, tão cheia de magia, onde morava um imperador com a nossa cara, o nosso sangue, onde o chão e as árvores se cobriam de neve no inverno e as flores se abriam na primavera para ficarem amareladas e vermelhas no outono. A mudança das estações era uma das coisas que mais faziam falta para os meus pais. Eu gostava de ficar ouvindo e imaginando tudo aquilo. Eles sorriam e isso era o suficiente.

CAPÍTULO 15 – UMA COLHEITA PERFEITA

O agora é passado. Enfim, seu telefone toca e na tela aparece o nome da filha. Por um instante, passa pela sua cabeça a ideia de não atender, assim, sem explicação. Ainda pensava em seu pai, na papelada que continuava nos armários, nas lembranças simbólicas que não sabia desvendar. Olhava fixamente o celular, sem decidir se responderia o chamado. Ela o chamava, ele teria que atender. Sua voz limpa ressoava em seus ouvidos cheia de vida e entusiasmo, ela se lembrava que o seu aniversário de setenta e cinco anos se aproximava e perguntava o que ele queria fazer. Nada, foi a resposta. Ela não aceitava essa resposta e decidia por ele, o que ela já havia decidido com os irmãos. Faria setenta e cinco anos, era um número importante. Por quê? Porque era múltiplo de cinco, só por isso. Como se isso fosse motivo necessário para uma grande celebração.

Sua filha lhe propôs uma feijoada em um restaurante. Iriam reservar uma parte do espaço só para a sua família e um punhado de amigos. Ele já se sentia cansado. Ele, que por anos nunca celebrara seu aniversário, ele, que nem sabia a data exata do seu nascimento. No seu último capítulo, queriam festejar os seus anos. Quando sentia que já não tinha vida, queriam festejá-la; ele achava tudo aquilo inútil e sem sentido, e ela continuava falando. Ele, que era um monte de papel amarelado e desorganizadamente escondido em um armário, estava sendo informado que era mais do que aquilo.

Não teve jeito, a feijoada iria acontecer com ou sem ele, na verdade com, não havia outra opção. Viriam buscá-lo, levá-lo, forçá-lo a comer e a soprar velinhas em um bolo que nem iria comer. E ele iria sorrir e agradecer a presença de todos. Seria amado, quem sabe. Estava tudo combinado à sua revelia. Resignou-se e, no dia da festa, arrumou-se, perfumou-se e calçou um novíssimo par de sapatos. Sentado, segurando o telefone, esperava a filha lhe ligar para dizer que já estava chegando e que podia descer.

De dentro do portão, ele viu o carro da filha se aproximar e os netos acenando da janela aberta. Eles estavam felizes, ele também deveria estar. Foi saindo devagar, o corpo não correspondia ao seu anseio, ele queria ir mais rápido, tinha medo da onda de assaltos que estava acontecendo no bairro. Tinha esses medos que a juventude não tinha. Os netos, da janela aberta, nunca haviam escutado que existiam assaltos naquela região. Ele sabia, pois recebera vários vídeos pelo *WhatsApp*, com legendas em letras maiúsculas, alertando: CUIDADO.

Tentou fazer o corpo responder, andando o mais rápido que podia para não deixar a família esperando à mercê de algum motoqueiro assaltante. Atravessa a rua depois de olhar para os dois lados e abraça a filha, que está com a porta aberta para ele.

Ao entrar no carro, não pôde deixar de sentir uma pequena felicidade, como se a energia da filha e dos netos houvesse adentrado seu corpo e aberto seu peito para se deixar tomar pela alegria de mais um ano. Todos falavam ao mesmo tempo, dizendo *omedetô*[20] e tocando de leve seu braço. Foram antecipando o que iria acontecer, como se ele fosse uma criança, aumentando a suas expectativas ao passo que diminuía a distância do restaurante. A filha ia listando os nomes de todos os amigos e familiares que haviam confirmado a presença, e a cada nome, as memórias de Yoji iam brotando e se sobrepunham umas às outras, construindo um mosaico colorido que compunha a sua vida. Por um instante, pensou nos seus pais, e a melancolia despontou no meio dessas lembranças. Que engraçado, setenta e cinco anos e com saudades dos pais, como se, de novo, fosse um menino de cinco anos nas noites quentes do Pará.

Perdido na imagem dos seus pais, ele chegou à sua festa. As portas se abriram e ele foi festejado: palmas, gritos e assovios ocuparam de uma só vez todo o espaço ao seu redor e dentro dele. As memórias se esconderam e ele voltou ao presente. Os mortos deram espaço aos vivos, e esse novo presente se ancorou dentro dele para transformar-se em uma bonita lembrança no futuro, mais uma peça nesse seu mosaico particular. Envolvido pelos sorrisos, abraços e palavras de afeto, ele foi levado por essa onda de bem-querer para o interior do salão, onde sua outra filha, seu filho, seus netos, Mariko, Carmen e Hiroshi o aguardavam em torno de um bolo branco enorme, de onde, no topo, faiscavam velas. O "parabéns para você" ressoou surdamente e ele emudeceu. Teve o corpo posicionado entre a família para as fotografias, sem saber para qual câmera olhar. O fotógrafo profissional chamou a sua atenção com a mão esticada em direção ao teto. Um flash relâmpago atingiu seus olhos, deixando uma mancha amarelada na sua visão que percorria agora o espaço de um lado para o outro, ele sentia que

20 "Parabéns" em japonês.

iria cair. Uma mão o segurou, perguntando se estava bem. Ele tem um sorriso congelado no rosto, do qual não consegue se desfazer. Estava espantado com a beleza do momento. A vela se apagou sem que ele a houvesse soprado, e agora ele era feito de palmas, de festa e de mais um ano de vida. Inclinando o corpo para a frente, fez uma reverência emocionada para aquela multidão que o preenchia de um lampejo de afetos.

CAPÍTULO 16 – A MONTANHA ENSINA

O passado está em construção. Aqueles sapatos novos que usava na minha festa de setenta e cinco anos eram bonitos, mas nem se comparavam ao meu primeiro par de sapatos. Até os doze anos, nunca tinha colocado um nos pés, vivia na roça, descalço ou de chinelas. A sola grossa do meu pé demorou a se ajustar à prisão à qual havia sido imposta. Meus pés doíam e eu precisei aprender a andar de novo. *Otosan* os comprou para mim, quando a decisão de ir para São Paulo estudar foi tomada.

Depois de decidir que iria seguir Mamoro e ir para São Paulo estudar, *Otosan* olhou para mim e disse: *a passagem é só de ida.*

As palavras de meu pai nunca se apagaram. Com o olhar firme e sereno, ele me pôs a par da realidade, do mundo lá fora. Avisou desde o começo: *não será fácil*. Minha única opção era estudar muito, japonês não tinha respeito, a gente aceitava tudo de cabeça baixa porque era obrigado, a lei não era igual para nós. Eu tenho que prometer não fazer nada de errado, entender que não adianta discutir com a polícia, com os brancos. A defesa do japonês é o silêncio que evita punição, é a cabeça baixa, a educação.

De Tomé-Açu até Belém, ainda fui de chinelas. Doze horas de viagem pelos igarapés, me lembro da mesma travessia quando estava com malária, essas memórias vinham com as ondas que o barco criava nas águas do rio, mas agora era diferente. Estou saudável, sem medo e com esperanças. Mamoro me espera, estou tranquilo. *Otosan* vai em silêncio, com os cotovelos apoiados nos joelhos, segurando entre as mãos seu chapéu. *Okasan* já ficou para trás, chorando, porque não sabia quando ou se me veria novamente. Prometi escrever e me comportar, viver e crescer. Estudar, estudar muito. Evitava pensar na sua imagem para não doer o coração. Hiroshi fica na minha lembrança com o sorriso de quem acha que o irmão parte para uma linda aventura, se pudesse, ele vinha junto. Olho a proa, só olho para a frente. Preciso deixar *Okasan* e Hiroshi lá na memória, num cantinho escondido, senão desisto.

Belém era para mim a tal da grande cidade, onde vim ver doutor para me curar. Das outras vezes, não ficou quase nada. Agora, eu olho tudo, vou chegando pelo rio Guamá até a baía do Guarajá. A cidade é grande e bonita, quero pegar na mão do meu pai, mas não ouso. Ele desembarca na minha frente e vou seguindo-o no meio da multidão. Ele diz que vamos comprar sapatos, duas camisas e duas calças. Uma mala também, porque nem isso tinha, o que trouxe comigo vinha amarrado numa trouxinha que minha mãe dobrara. Que importante eu era! Experimentando roupa e sapato! Saí da loja que nem um palhaço, sem saber andar direito, tropeçando nos próprios pés. Suava. Fomos para uma pensão, o avião só saía em dois dias, era um voo a cada duas semanas e que ia parando em muitos lugares.

Eu nunca tinha visto um avião, e não podia parar de pensar que em breve iria voar. Fico imaginando como é que pode, um negócio tão grande e pesado, voar. Mas acho muito lindo, deve ser lindo ver tudo de cima, cruzar o céu azul, ver as nuvens de perto. Pergunto para meu pai como é, ele diz brevemente que é cansativo e só. Percebo que não devo continuar a fazer perguntas, então fico imaginando.

Era um avião do exército, que sobrou de alguma guerra. Eu só fui saber depois, quando vim a andar de avião comercial. Dentro havia bancos compridos colados na janela, sem cintos, sem janelas e sem banheiro. Não era muito diferente das viagens de balsa, mas desta vez cruzava o céu, que ficava na minha imaginação, não havia janelas ao nosso alcance, só bem no alto. Era metal, cansaço e tédio, não tinha paisagem para ver. O barulho me incomodava e ressoava como um zumbido no meu silêncio. Paramos no Maranhão, e lá ficamos por mais algumas horas, no abafado, depois, mais umas duas paradas até São Paulo.

Estar no céu e não ver o céu foi outra das minhas decepções de infância. Nem acreditei quando finalmente saí daquela lata voadora e vi de novo o firmamento. Era um céu cinzento, a terra da garoa. Subia a minha primeira montanha de sapatos novos e desconfortáveis.

CAPÍTULO 17 – ORVALHO EVAPORA

O agora é passado. Setenta e cinco anos, múltiplo de cinco. A festa acabou, e agora, Yoji? Agora, estava feliz, ia dormir sorrindo, lembrando cada rosto, cada palavra de carinho. Foi um almoço especial. Ele, que não queria nada, agradecia mentalmente às filhas pela insistência, por quererem celebrar. O sonho estava cheio de imagens, ele era um viajante na eternidade, caminhava por entre pessoas que foram e que estavam, passava pelo que de mais belo houvera na sua vida.

Acordou e foi tomar um longo banho quente. A água escorria lentamente pelo seu corpo em sendas corrediças que o envolviam em um acalento. Puxou o banquinho de plástico e deixou-se ficar sentado sob a ducha, com a cabeça baixa, sentia o pescoço ser massageado. Era o pai na tina de madeira. Era Mariko no seu *ofurô* novo.

A felicidade era estar nos pequenos detalhes do cotidiano. Estar naquele chuveiro. Vivendo cada momento, com a atenção de um cerimonial. O banho lento, o sabonete que lava cada parte do corpo, o cuidado com a higiene. Agora, vive devagar, com movimentos simples, naturais e circulares. Vai vivendo momentos perfeitos em um mundo imperfeito.

As roupas no armário estavam dobradas com esmero por Carmem, ela cuidava das suas coisas com capricho. Não sabia por que a havia tratado com tanto desprezo. Aquela roupa limpa, passada e cheirosa o encheu de amor. Olhou-se no espelho e sorriu para o senhor que o olhava de volta, havia sim lembranças de momentos de beleza no longo caminho que o trouxera até ali. Passou ambas as mãos pela roupa como se tirasse a poeira do corpo e depois fez como se lavasse as mãos, pensando o que aguardava este novo dia.

Saiu pelo portão do prédio para uma caminhada matinal. Era um dia de inverno ensolarado, um dia perfeito. Seguiu uma rota habitual, observando as pessoas, os cachorros e o movimento das folhas nas árvores, e o jogo de luzes que criavam com a luz do sol. Era um parênteses no tempo, uma suspensão. O ar frio esticava sua pele e avermelhava a ponta do seu nariz, ventava. Na rua, os transeuntes não pareciam perceber o que acontecia, a vida que estava por todos os lados e que ele agora via depois de tanto tempo. Foi como no dia em que nasceu sua primeira filha e ele saiu para comprar fraldas. Era um mundo todo novo, mas ninguém se dava conta. Tudo havia mudado e tudo continuava igual.

Sentiu o celular vibrar, não queria atender na rua, era muito assalto. Pensou se era o caso de ignorar a chamada e aproveitar aquilo que agora conseguia enxergar. Todavia, a curiosidade foi maior e decidiu entrar em um café para verificar o aparelho. Ficou alguns instantes parados em frente ao balcão tentado decidir o que pedir, sentiu-se pressionado por um cliente que estava atrás e se impacientava com a sua lentidão. Antes, ele ficaria ofendido, nervoso, sentindo-se menosprezado por ser velho, talvez puxasse briga, olhasse feio e mesmo assim corresse para se decidir. Mas hoje, apesar da pressão do homem de meia-idade que bufava nas suas costas, Yoji fez o seu pedido no seu próprio ritmo, tinha que ser o café perfeito nesse dia perfeito. Com o café nas mãos, sentou-se em uma cadeira alta de frente à janela que dava para a calçada.

Lembrou-se do porquê de estar ali e olhou, na tela do telefone, a chamada perdida. Era seu neto. Essas crianças de hoje em dia nunca ligavam, só mandavam mensagens, estranhou. O coração começou a palpitar, teve a certeza de que era algo inevitável. Uma revelação o espreitava, será que o equilíbrio daquele dia seria quebrado? Sentiu as mãos tremerem e, com cautela, apertou o botão para retornar a ligação. Foram três toques até ouvir a voz do neto. Era o mais velho dos seus netos, seu orgulho, o menino que mais se parecia com ele, a quem ele vira crescer com prazer e curiosidade.

> — *Ojji!* Tudo bem? — a voz do outro lado parecia animada, o que o deixou aliviado.
> — Grande Cauê, como vai?
> — Tudo muito bem! Te liguei pra te contar que fui aceito na universidade! Recebi o e-mail hoje! Tô muito feliz, *Ojii*. Malas prontas para Londres!

A manhã emudeceu e o choro veio como uma enxurrada. Ele começou a soluçar, em um café, no meio de estranhos. O telefone estava na mão que caía ao lado do corpo e uma moça tocou o seu ombro, perguntando se estava bem. Na linha, o neto o chamava achando que a ligação havia caído. Ele sinalizou que sim, colocou o telefone em cima da mesa e continuou a chorar com a cabeça apoiada em ambas as mãos.

Uma força invisível dava a luz a um desejo irremediável de viver, de ver o futuro. Em um instante, sentia-se eterno e divino. O futuro do neto construía o seu presente, e ele, enfim, conseguiu pegar o celular de volta e proferir algumas palavras.

— Que orgulho, Cauê! Você é foda! Estou muito feliz, você nem imagina o quanto! Que presente lindo de aniversário você me deu!

— Ano que vem vou pensar em algo ainda melhor!

A ligação terminou depois de muitas trocas festivas e Yoji percebeu que precisava se colocar em forma para o seu próximo aniversário, imaginando qual presente seu neto o daria. Pela primeira vez, depois de muito tempo, fez planos. O presente o chamava, era o que estava sob o seu controle. Guardou o celular no bolso de dentro da jaqueta, apalpou-o no peito e terminou de tomar o seu café, olhando o movimento da rua, sem envergonhar-se de ter chorado minutos antes. Não tinha mais vergonha, nem raiva de nada e de ninguém. A beleza estava nas pequenas coisas destinadas a se transformar. Na fumaça que escapava daquela xícara de café tão delicada que estava na sua frente.

A volta para casa foi ainda mais leve, era assim que ele queria se sentir, era disso que ele queria se lembrar, não era mais obrigado a nada. Ao chegar no prédio, o porteiro lhe chamou avisando que havia correspondência. Ele cumprimentou Jonas e eles falaram sobre futebol, sobre o tempo frio que fazia, comentavam como aquele era um dia perfeito para uma longa caminhada. Pegou os envelopes separados com um elástico marrom que Jonas esticava para ele e entrou no hall. Enquanto esperava o elevador, foi passando os envelopes de frente para trás, para ver se havia mais do que contas a pagar, e desatou em uma risada longa e gostosa quando leu seu nome no envelope da companhia de luz: Aos cuidados do Sr. Hoje Watanabe.

Agradecimentos:

Apesar deste livro ser uma obra de ficção, agradeço às longas conversas que tive com meu pai, Koji Shitara, inspiração para a personagem deste livro.

Obrigada à minha família fonte de identidade, de amor e de conflitos.

Obrigada à você, Marco Antonio Inglesi, que caminha junto comigo há tantos anos e que tem sido meu porto seguro, meu companheiro e meu amigo nos momentos mais difíceis e nos mais bonitos.

Obrigada, Daniel e Lucas, pelos ensinamentos e pelo amor.

Obrigada, Lucas Emanuel Inglesi, por empregar seu talento na capa deste livro e ser essa fonte de orgulho.

Obrigada, Livia Galeote, pela leitura crítica, reflexões sinceras e ideias novas para o manuscrito deste livro. Suas palavras me deram força e coragem.

Obrigada, Maria Fernanda Pagani, pela primeira revisão e amizade.

Obrigada, Erick Santana, pela conversa que germinou a ideia deste romance.

Obrigada, Isabella Yoshimura, por permitir a citação do poema que abre este livro.

Obrigada à Editora Patuá por mais esta parceria.

Cada livro que nasce é um pedido, uma necessidade, uma força que precisa abrir o caminho e se colocar sob a luz da vida. Depois de escrever *Sob o sol a pino* e conviver intensamente com essas mulheres maravilhosas, quis me dobrar sobre a masculinidade amarela e o envelhecer. Depois de tantos homens escreverem sobre mulheres, achei que tinha o direito de escrever sobre eles também. Agora, o livro existe para celebrar esse homem, e, naturalmente, o hoje.

Esta obra foi composta em Charter em fevereiro de 2025 para a Editora Patuá.